「すあまもお母さんに乗るよ」
「あい」

――ボクはいま、シロウと同じベッドで寝ている。

くっつき合った
背中から伝わる、
シロウの温もり。

「よう。邪魔するぜぇ」
「俺様は、お前の許嫁なんだからなァ」
『サジリ……』

Anytime I can!

いつでも自宅に帰れる俺は、異世界で行商人をはじめました

vol.8

霜月緋色
Hiiro_shimotsuki

ill. いわさきたかし

口絵・本文イラスト　いわさきたかし

CONTENTS

前巻のあらすじ

——アイナちゃんのお父さんが生きている。

その事実が判明しても、アイナちゃんの——そしてステラさんの生活はなにも変わっていなかった。

旦那《だんな》さんを捜《さが》しに行かないのですか？

そうステラさんに問うタイミングがないまま、日々は過ぎていく。

そんななか、なんと王都からシェスが——ギルアム王国のシェスフェリア王女殿下《でんか》がニノリッチに引っ越《こ》してくることに。

まさかの事態に俺《おれ》もアイナちゃんもびっくりだ。

慌《あわ》てて屋敷《やしき》を用意し、シェスを迎《むか》える準備を整える。

久しぶりに再会したシェスは、何故《なぜ》だか俺に怒《おこ》っていた。

理由を訊《き》くと、誕生日パーティに俺が参加しなかったから、らしい。
けれどもそれは、護衛騎士《きし》のルーザさんが招待状を送っていなかったからだった。
誤解も解け俺とシェスは仲直り。
改めてシェスの誕生日をお祝いすることになった。
それも、もうすぐ誕生日を迎えるアイナちゃんと一緒《いっしょ》に。

アイナちゃんへのプレゼントとして、俺はアイナちゃんの生まれ故郷の花を贈《おく》った。
アイナちゃんは喜び、そして花を見て思い出したのだろう。
お父さんに逢《あ》いたいと泣き出した。
ステラさんはそんなアイナちゃんを抱《だ》きしめると、

『お父さんを捜しに行ってもいい？』

旦那さんを捜しに行くと、アイナちゃんに告げた。
涙《なみだ》を拭《ぬぐ》い、頷《うなず》くアイナちゃん。
そしてアイナちゃんはステラさんを送り出した。

俺たちも旅立つステラさんを見送った。

ステラさんが町にいない生活にやっと慣れてきたころ、事件は起こった。

キルファさんが俺に、とんでもないことを言ってきたのだ。

「ボクのね、お婿《むこ》さんになって欲《ほ》しいんだにゃ」

第一話　逆プロポーズは突然《とつぜん》に

「お婿さんになって欲しいんだにゃ」

キルファさんの口から飛び出した『オムコサン』なるワード。

突然だった。

あまりにも突然だった。だからだろう。

俺の脳は一瞬《いっしゅん》で処理速度の限界を迎え、

「……はい？」

首を傾《かし》げることしかできずにいた。

戸惑《とまど》いを通り越し混乱状態だ。


――オムコサン？

なんだろう、オムコサンて？

俺の知らない名称《めいしょう》じゃんね。

いや、語感的には覚えがあるよ。

でもまさか『お婿さん』なわけがないし。

オムコサンオムコサンオムコサン……。

おまじない？

祈《いの》りの言葉？

それとも最近できた造語とか？

まいったなー。ばーちゃんからもらった魔法《まほう》の指輪、そろそろ最新バージョンにアップデートしてもらわないとダメなのかも。

次ばーちゃんに会ったら相談してみないとだな。

俺はこの瞬間《しゅんかん》まで、本気でばーちゃんからもらった指輪が問題だと思っていた。

けれどもテーブルを共にする、対面のライヤーさんとネスカさんも、「聞き間違《まちが》い……だよね？」みたいな顔をしていることに気づく。

乾《かわ》いた笑《え》みを浮《う》かべつつ、掠《かす》れ声で追加のお酒を頼《たの》むライヤーさん。

頭を振《ふ》りながら、チョコに手を伸《の》ばすネスカさん。

左隣《ひだりどなり》のロルフさんだけは、いつもと変わらぬ優《やさ》しさを湛《たた》えた表情だが、如何《いかん》せん手に持つ杯《さかずき》からお茶がバシャバシャと零《こぼ》れ落ちている。それはもう盛大《せいだい》に。

動揺《どうよう》から手が震《ふる》えているのだ。

「だからー、ボクのお婿さんになってほしーの」

反応がなかったからだろう。

キルファさんが、再び『オムコサン』と口にする。

俺を真《ま》っ直《す》ぐに見つめる澄《す》んだ天色の瞳《ひとみ》は、冗談《じょうだん》を言っているようには見えない。

「オ、オムコサン？」

「うん、お婿さんにゃ！」

「それってアレですか？　キルファさんの……えーと、つまり恋人《こいびと》以上の存在である、『これで二人は夫婦《ふうふ》だよ♡』的な旦那さんという意味でのオムコサンですか？」

「そうにゃ！」

キルファさんが正解とばかりに頷く。その顔はとても満足げ。

けれども次の瞬間、様々なことが同時に起こった。

お酒を盛大に吹《ふ》き出すライヤーさん。

ヒールレスラーの毒霧《どくぎり》さながらに吹き出されたお酒の飛沫《しぶき》を一身に浴びながらも、微動《びどう》だにせずチョコを食べ続けるネスカさん。

ロルフさんにいたっては、杯から零れたお茶で神官服がびしゃびしゃになっている。なのにずっと微笑《ほほえ》みを浮かべているものだから逆に怖《こわ》い。

極《きわ》めつけは、彼女だ。


「いまなんて言いやがったんですよぅ！」


酒場に――いや、ギルド中に怒声《どせい》が響《ひび》き渡《わた》った。

「キルファ！　アタシのお兄さんを婿にするとか、なに抜《ぬ》かしやがるんですよぅっ‼」

肩《かた》を怒らせこちらにやって来る女性。

ぴょこんと立ったウサ耳。

ギルド職員を示す梔子色《くちなしいろ》の制服。

いつもなら欲望でギラギラのギトギトに染まっている双眸《そうぼう》は釣《つ》り上がり、親の敵《かたき》でも見つけたかのような視線でキルファさんを射抜《いぬ》くのは――

「んにゃ、エミィ」

ギルアム王国最大最強の冒険者《ぼうけんしゃ》ギルド『妖精《ようせい》の祝福』が恥《は》じる、ポンコツ受付嬢《うけつけじょう》エミーユさんだった。

椅子《いす》に座《すわ》るキルファさんを見下ろすようにして、エミーユさんは仁王《におう》立ち。

咄嗟《とっさ》に立ち上がるキルファさん。

殺気を感じたからだろう。

だって平和な日本育ちの俺でもびんびんに感じるぐらい、エミーユさんから殺気が放たれていたから。

「キルファ！　てんめぇいつからドロボー猫《ねこ》になったんですよぅ！」

こちらにやって来たエミーユさんは、ドンとキルファさんの肩を小突《こづ》く。

受付カウンターをチラリ。

そこには列を作る冒険者たちが、呆気《あっけ》にとられた面持《おもも》ちでこちらを眺《なが》めていた。

エミーユさんが仕事を放り出してきたのは一目瞭然《いちもくりょうぜん》だ。

「違《ちが》うのエミィ。ボクはね――」

「言い訳すんじゃねぇですよぅ！　このお兄さんは、」

エミーユさんは、椅子に座る俺をビシッと指さし、続ける。

「アタシの、、、、ものなんですよぅっ!!」

「違います。俺は誰《だれ》のものでもないです。てゆかエミーユさんのものになることだけは絶対にないです」

エミーユさんの咆吼《ほうこう》に対し、俺は冷静に手をパタパタと。

「むぅ。お兄さんは黙《だま》っててくださいよぅ。アタシはいまキルファと話してるんですよぅ」

「ええ……。俺わりと当事者ポジションなのに」

「これはアタシのプライドを懸《か》けた戦いなんですよぅ。もはや聖戦なんですよぅ。キルファとアタシの命《タマ》の取り合いなんですよぅ」

エミーユさんはそう言うと、再びキルファさんに向き直る。

超至近距離《ちょうしきんきょり》で、すんげぇメンチを切っていた。

もう、唇《くちびる》と唇が触《ふ》れあってしまいそうな距離《きょり》だ。

キルファさんは焦《あせ》ったように、困ったようにわたわたとするばかり。

「エミィ、お前が取ろうとしてるのは命じゃなくてあんちゃんだろうが」

「…………より正確には、シロウの有する財産が目当て」

ここでライヤーさんとネスカさんが現実への帰還《きかん》を果たす。

エミーユさんの乱入により、正気を取り戻《もど》したようだ。

「あんちゃん、気にしねぇでエミィに言ってやれ。諦《あきら》めろ、ってよ」

「おっかしーなー。俺、エミーユさんには何度もお断りしているはずなんですけどねー」

記憶《きおく》を遡《さかのぼ》っても、迫《せま》り来るエミーユさんを拒絶《きょぜつ》する場面しか出てこない。

「フンだっ。断られたぐらいじゃアタシの心は折れないんですよぅ。お兄さんを手に入れるまで、アタシはずぅえっっったいに諦めないんですよぅ」

魂《たましい》の決意表明。

こんなんもう新手のサイコホラーじゃんね。

彼女の標的である俺としては、ただただ恐怖《きょうふ》でしかない。

「でもいまは——キルファ！　てんめぇなんですよぅっ」

エミーユさんの視線が三度《みたび》キルファさんに向けられる。

「アタシが仕事で手が塞《ふさ》がってる隙《すき》にお兄さんを掠め取ろうだなんて、ドぎたねぇヤツなんですよぅ！　見損《みそこ》なったんですよぅ!!」

「待って。ボクの話を聞いてほしーんだにゃ」

「はぁ～？　誰がてんめぇなんかに耳を貸すかってんですよぅ。アタシがプリティな耳を持つ兎獣《うさぎじゅう》人だからって、なんでも聞いてくれると思ったら大間違いなんですよぅっっっ！」

振り切れてる。今日のエミーユさん、過去一振り切れてる。

というかブチ切れてる。

　誰かギルドマスター《ネィさん》連れてきてー。

「違うの違うの。誤解にゃの」

「いまさらなにほざきやがるんですよぅ！　『ニャ〜ン♡　ニャ〜ン♡　ボクのお婿さんになってほしーんだゴロニャ〜ン♡』って甘《あま》えた声を出してたことは……」

　エミーユさんはそこで一度区切り、キルファさんの胸《むな》ぐらを掴《つか》む。

　数秒ほどタメを作ってから、

「しっかりばっちりアタシの耳に届いてたんですよぅっっ！」

　ツバを飛ばし捲《まく》し立てた。

　記憶の改変が甚《はなは》だしいじゃんね。

　あとキルファさんの声真似《まね》、ぜんぜん似てないですよ。

「キルファのことは親友だと思ってたのに……なのに、酷《ひど》いんですよぅ。アタシのお兄さんを取ろうとするなんて……。このドロボー猫ッ!!」

　わざとらしく、泣いたフリまでしてみせるエミーユさん。

　またまた『親友』ときましたか。

　以前から感じていたことだけれども、エミーユさんが口にする『親友』ほど軽い言葉はないよね。

だってエミーユさん、カレンさんのことも親友って言っていたし。

でもおカネ（それも大金）を貸してくれなかった途端《とたん》、ボロクソに悪く言ってたんだよなー。

「まあまあ、エミーユ殿《どの》」

さすがに見兼《みか》ねたのか、ここでロルフさんが動いた。

エミーユさんの首根っこをむんずと掴み、そのまま吊《つ》り上げるように持ち上げたのだ。

「ちょっ、ロルフってば急になにするんですよぅ。放すんですよぅ」

ロルフさんに持ち上げられてなお、エミーユさんは宙でばたばたと暴れている。

「キルファ殿にも何か事情がおありなのでしょう。ここは一度冷静になり、話を聞いてみては如何《いかが》でしょう？」

ロルフさんは、優しい笑みを浮かべたままエミーユさんを見上げる。

けれども空いている左手には、何故《なぜ》かメイスが握《にぎ》られていた。

強く、手の甲《こう》に血管が浮き出るほど強く握られていた。

エミーユさんという存在は、温厚《おんこう》なロルフさんでもメイスで殴《なぐ》るレベルなのかもしれないな。

このままではいけない。

はあ〜〜!?

ギルド内で殺人事件が起きてしまう。

それも聖職者による殺人だ。

「エミーユさん、キルファさんにも理由があるんですよ。罵《ののし》るにしろ、命《タマ》を取るにしろ、理由を聞いてからでもいいんじゃないですかね？」

そう提案してみる。

きっと、握り締《し》められたメイスがエミーユさんの視界にも入ったのだろう。

「わ、わかったんですよぅ。お兄さんがそう言うなら、聞く――聞いてやるんですよぅ！」

快く提案を受け入れてくれた。

「ですってロルフさん」

「エミーユ殿の賢明《けんめい》な判断に感謝を」

ロルフさんが持ち上げていたエミーユさんを床《ゆか》に下ろす。

「ではキルファさん、俺たちに聞かせてもらえませんか？　その……どうして俺に『お婿さんになって欲しい』、なんて言ったのかを」

「わかったにゃ。話すにゃ」

キルファさんが頷く。

そして話を聞くため、この場にいる全員がテーブルに着くのだった。

◇◆◇◆◇

蒼《あお》い閃光《せんこう》と当事者の俺。

そしてほぼ部外者のエミーユさんが同じテーブルに着く。

「「「……」」」

全員の視線はキルファさんに集まり、『お婿さん事件』に至った経緯《けいい》について口を開くのを待っていた。

ちなみに、エミーユさんが職務を放り出してここにいるものだから、受付カウンターの前には冒険者の大行列ができている。

なのにエミーユさんったら、梃子《てこ》でも動かないぞとばかりに居座《いすわ》っているのだからメンタルが鋼製だよね。

おかげで新人受付嬢のトレルさんが今日も涙目《なみだめ》だ。

「さっきね、ボクのとーちゃんから手紙が届いたんだにゃ」

キルファさんは重い口調で切り出す。

ついさっき、ギルド経由でキルファさん宛《あて》の手紙が届いた。

その手紙を読んでから、キルファさんは急に『お婿さん』と言い出したのだ。

いったい、どんなことが書かれていたのだろうか？

「お父さんからの手紙ですか。それで、なんて書かれていたんです？」

先を促《うなが》すと、

「た、大したことじゃないにゃ。んとね……そう！　久しぶりに顔を見せろって書いてあったにゃ」

キルファさんは言いづらそうに、居《い》心地《ごこち》悪そうにそわそわとしている。

どこか焦っているように見えるのは、俺だけだろうか？

「なるほど。親としては娘《むすめ》のことが気になるのも当然ですよね。お父さん……というか、ご家族とはどれぐらい会ってないんですか？」

「んっとねー……」

俺の質問に、キルファさんが指折り数えはじめようとして、

「……………わたしとキルファが蒼い閃光に加入したのは、七年前」

代わりに、ネスカさんが答えた。

「そうにゃ、七年にゃ。とーちゃんたちとは七年会ってないにゃん」

「えぇっ⁉　七年ですって？」

まさかの回答に、質問した俺がびっくりだ。

キルファさんはいま二十歳《はたち》だから、一三歳《さい》のときにはもう冒険者をやっていたことになる。

そしてその間、一度も家族と会っていないという。

けれども、驚《おどろ》いているのは俺だけ。

「おー、ネスカとキルファが仲間になって、もうそんな経《た》つのか」

「懐《なつ》かしいですね。まだ幼さの残るキルファ殿を放っておけなくて、ライヤー殿がパーティに誘《さそ》ったのでしたね」

「だっはっは。そうだそうだ。あんときはネスカがハーフエルフだって気づかなくてなぁ。ガキで、しかも女の二人組だろ？　おれたちが仲間にしなきゃ誰かに騙《だま》されちまう、って思ってよ。パーティに誘ったんだったな」

「ネスカ殿が年上だと知った時のライヤー殿の驚いた顔。いまも忘れられません」

「忘れろ忘れろ。んな記憶はいらねぇんだよ。……でもそうか。あんなにも痩せっぽっちだったキルファが、よくもまあ大きくなったもんだぜ」

「…………わたしがキルファと出会ったとき、餓死《がし》寸前だった」

「そうそう。あのときのボク、ネスカがご飯くれなかったらきっと死んでたんだにゃ」

誰も「七年間家族に会っていない」という部分には触れず、『懐かしみトーク』がはじまってしまった。

エミーユさんも特に言及《げんきゅう》しないあたり、こちらの世界では当たり前の反応なのかも。

でも、考えようによっては当然か。

交通インフラの整っていない異世界《こちら》では、移動は基本的に徒歩か馬車。

故郷に顔出すだけでもちょっとした旅になってしまうので、気軽に里帰りもできないのだ。

たぶんだけれども、蒼い閃光の全員が七年間里帰りしていないのではなかろうか。

そりゃキルファさんのお父さんも、顔を見せに帰ってこい、ぐらいは言うよね。

「キルファのパパが、『顔を見せろ』って言ったのはわかったんですよぅ」

パーティ間での思い出話に花が咲《さ》くなか、和《なご》やかな雰囲気《ふんいき》を台無しにするようなイラついた声が。

声の主はもちろんエミーユさん。

「でも、なーんでそれでお兄さんを『お婿』にする必要があるんですよぅ」

エミーユさんの目が据《す》わっていた。

テーブルには、いつの間にやらお酒の杯が。

彼女はまだ勤務中なのに。

「で、どーなんですよぅ？　なんでお兄さんを婿にする必要があるんですよぅ？　答えるんですよぅ」

「えっと、里長《さとおさ》が――あ、里長はボクのババ様にゃんだけどね」

キルファさんは困ったように笑い、左右の人差し指をくっつけっこしながら続ける。

「ババ様がボクに……こ、恋人ができたか気になってるみたいにゃの」

「はぁ？　で？　それで？　それのどーこにお兄さんを婿にする理由があるんですよぅ」

「えっと、えっと、だから、んとね……」

エミーユさんに壮絶《そうぜつ》なメンチを切られ、キルファさんが続く言葉を詰《つ》まらせてしまう。

キルファさんは、里長の孫娘《まごむすめ》だという。

瞬間、俺の脳裏《のうり》にキュピーンと稲妻《いなずま》が走る。

わかった。わかっちゃったぞ。

どうしてキルファさんが俺に「お婿さんになって欲しい」なんて言ったのかを。

「キリキリ答えるんですよぅ！」

「ふにゃ～ん！　エミィがいじめるにゃ～」

「はぁ？　アタシが虐《いじ》めてるとか、なに寝《ね》ぼけたこ――」

「ストップ！　エミーユさんそのへんでストップしましょ」

俺はテーブルに身を乗り出し、二人の間に割って入る。

「ジャマしないで欲しいんですよぅ」

「そんなに喧嘩《けんか》腰《ごし》でいたら、喋《しゃべ》れるものも喋れなくなってしまいますよ。ねぇ、キルファさん？」

「う、うん」

「ほらー」

「むぅ。お兄さんはドロボー猫の味方なんですね」

エミーユさんが拗《す》ねたように言い、ぷくーと頬《ほお》を膨《ふく》らませる。

そこに、

「少なくともエミィの味方じゃないのは確かだな」

「…………同意」

「日頃《ひごろ》の行いを顧《かえり》みる良い機会でしょう」

ライヤーさん、ネスカさん、ロルフさんから冷静なツッコミが入った。

普段《ふだん》の振る舞《ま》いというものは、こゆときに出るものなのだ。

「ふんだっ！」

完全アウェーな雰囲気に、エミーユさんはぷいとそっぽを向きお酒を呷《あお》る。

ホント仕事に戻ってくれないかなこの人。

「さてっと。キルファさん」

「んにゃ」

「俺、わかっちゃいましたよ」

「え？　え？　わ、わかったにゃ？」

「ええ。どうしてキルファさんが俺に『お婿さんになって欲しい』なんて言ったのか。その理由が」

「っ……」

得意げな俺に、キルファさんが驚いた顔をする。

「あんちゃん、どんな理由だってんだ？」

「簡単なことです。恋人の有無《うむ》を気にするキルファさんのお婆《ばあ》さん。七年の月日。そしてキルファさんの優しい人柄《ひとがら》。この三つを線で結べば、自《おの》ずと答えは導き出されます」

俺は右手の指を三本立て、滔々《とうとう》と語ってみせる。

「キルファさんは、俺に婿役――つまり恋人のフリをしてもらい、故郷のお婆さんを安心させたいんですよ！」

「な、なんだってぇー⁉」

とても良いリアクションをしてくれたのは、ライヤーさん。

普段から軽口を叩《たた》くライヤーさんだけれども、根はすんごく真面目。

恋人のフリ、という考え自体なかったようだ。

日本じゃ恋人役《こいびとやく》をレンタルするビジネスに、それなりの需要《じゅよう》が存在する。

デートや恋活《こいかつ》、婚活《こんかつ》の練習であったり、一人では行きづらい場所やイベントに参加するためであったり、なんらかの事情で恋人のフリをしてもらう必要がある場合など、目的は様々。

今回のキルファさんなら、親族を安心させるために恋人役を必要としていることになる。

「俺のばーちゃんも、事あるごとに『士郎《しろう》、そろそろ恋人はできたかい？』って訊いてきますしね。俺としてはほっといてくれって感じなんですけれど、家族としてはやっぱり気になるみたいです」

いまはまだ面白《おもしろ》半分に訊いてくるばーちゃんだけれども、これがあと五年、一〇年したら声のトーンがガチ目になってくることは想像に難《かた》くない。

「キルファさんは仲間想《おも》いですからねー。きっと家族のことも大切に想っていることでしょう。だからお婆さんを安心させるため、俺に恋人役を望んだんですよ」

俺の説明に、ライヤーさん、ネスカさん、ロルフさんが「おー」と感心し、エミーユさんが「チッ」と舌打ちする。

最後に、俺はキルファさんに向き直り、

「でしょ、キルファさん？」

自信満々に訊いてみる。

「……」

キルファさんは、しばらくぽかんとしていたけれど、

「……ハッ!? う、うん！ そーにゃの。ババ様を安心させたいから、シロウにお婿さんになってほしー……じゃにゃくて、フリ！ お婿さんのフリをして欲しいんだにゃ」

数秒のタイムラグの後、うんうんと何度も頷く。

ちょっと違和感《いわかん》を覚えなくもないけれど、俺の予想は当たっていたようだ。

「だと思いました。ライヤーさんにはもうネスカさんがいますし、ロルフさんは神官。仲間のためとはいえ、他者を欺《あざむ》くことを神がお許しになるとも思えません。ですので、消去法で俺になるのは当然ですよ」

「うんうん。そーにゃそーにゃ」

「しかも俺は、蒼い閃光と毎週のように飲み会をしています。キルファさんとの掛《か》け合い

もバッチリ。他者《外》から見たら、俺が『恋人のフリ』をしているなんてまず見抜《みぬ》けません」

「そーにゃそーにゃ。絶対にわからないにゃ！」

饒舌《じょうぜつ》な俺に、キルファさんが小気味よく相の手を入れるものだから、心地よいったらないよね。

「わかりました。他ならぬキルファさんの頼みです。俺が完璧《かんぺき》に恋人のフリを——お婿さんを演じきってみせましょう！」

「やったにゃーっ！　シロウありがとなんだにゃー！」

盛り上がった俺は、キルファさんとハイタッチ。

しかし——

「お兄さん、騙されちゃだめですよぅ！」

怨嗟《えんさ》の声と共に横槍《よこやり》が入った。

「キルファは、外堀《そとぼり》から埋《う》めてお兄さんを絡《から》め取るつもりなんですよぅ！」

「ええ……。エミーユさん、俺の話聞いてました？」

「聞いてましたよぅ。アタシのプリティなお耳で聞いてましたよぅ」

エミーユさんはギロリとキルファさんをひと睨《にら》み。

次いで、決心したかのように。

「お兄さんがキルファの故郷に行くって言うなら、アタシもついていくんですよぅ‼」

「やめとけエミィ。帰ってきたら仕事がなくなってるぞ」

「………………無職」

再びライヤーさんとネスカさんから、容赦《ようしゃ》のないツッコミが入る。

しかしエミーユさんは挫《くじ》けない。

「そのときは、お兄さんのお嫁《よめ》さんに永久就職してやるんですよぅ‼」

「やめてください死んでしまいます」

「エミィ、あんちゃんがこう言ってるぞ？」

「アタシは諦めないんですよぅ……ってロルフ！　な、なんでメイスを握るんですよぅ⁉」

「……」

ロルフさんは穏《おだ》やかな笑みを湛えたまま、無言でメイスを握りしめる。

「なにか――なにか言うんですよーーーーーぅっ‼」

この後、ホームラン王よろしく豪快《ごうかい》にメイスをスイングするロルフさんを、冒険者総出で止めることになるのだった。

第二話　キルファの故郷

ロルフさんの怒《いか》りを目にしたエミーユさんは、身の安全を確保するため強制退場の運びとなった。

受付嬢の仕事に戻り、長時間待たされていた冒険者たちと壮絶なディスり合いを演じている。

その光景は本場アメリカのラップバトルさながら。どこにいても賑《にぎ》やかな人だこと。

「そんじゃ、あんちゃんはキルファの故郷についていく、ってことでいんだな？」

キルファさんの『お婿さん発言』の理由が判明したところで、俺《おれ》たちは今後について話し合うことに。

「ええ。もふもふランド……げふんげふん。猫獣人《ケットシー》の里には、以前から興味がありましたので」

ライヤーさんの問いに、なるたけ真面目な顔で頷く。

ここで取り乱してはいけない。

ハイテンションな俺を見て、「やっぱやめるにゃ」ってなったら立ち直れないもんね。

クールにいこうぜ俺。

「ボクがシロウを連れて行ってあげるんだにゃ」

「よろしくお願いします！」

「ボクのほうこそヨロシクなんだにゃ」

夢にまで見た、猫耳《ねこみみ》パラダイス。

俺にとっての約束の地《プロミスランド》がすぐそこに。

俺はテーブルの下で小さくガッツポーズ。心の中では勝利の雄叫《おたけ》びを上げていた。

一方でライヤーさんは腕《うで》を組み、なにかを思い出すかのように。

「キルファの故郷ってーと……」

「ボクの故郷はドゥラの森にあるにゃ」

「そうだ。ドゥラの森だ。記憶違《きおくちが》いじゃなきゃ、あの森に入るには面倒《めんどう》な手続きがあったよな？」

ライヤーさんが、隣《となり》のネスカさんに確認《かくにん》する。

ネスカさんはチョコをもぐもぐごっくん。

これまたチョコレート・リキュールを使ったカクテルで喉《のど》を潤《うるお》してから、やっと口を開いた。

「…………ドゥラの森に入るには、都市国家オービルを経由する必要がある」

「それだ。オービルでの許可証が必要なんだったな」

ライヤーさんが面倒くさそうに、うへぇみたいな顔をする。

「経由？　キルファさんの故郷に直接行っちゃダメなんですか？」

「…………形式上、ドゥラの森は都市国家オービルの領土となっている」

「へぇえ。領土に？」

「…………そう。領土」

「詳《くわ》しく教えてもらえますか？」

「…………ん」

ネスカさんがこくりと頷《うなず》く。

本日も教師ネスカさんによる授業がスタートだ。

「…………キルファの故郷が在るドゥラの森は――――……」

ギルアム王国の南西に位置する、都市国家オービル。

一つの城郭《じょうかく》都市とその周辺地域を領土とする小国家で、キルファさんの故郷であるドゥラの森も、こちらの領土に含《ふく》まれている。

そしてドゥラの森に入るには、オービルで許可証を発行してもらわないといけない。

早い話が、お上の許可なく獣人と接触《せっしょく》するな、というわけだ。

元々は迫害《はくがい》されがちな獣人を保護するための制度だったそうで、この許可証を得ずにドゥラの森に入った場合、不法入国者として地下牢《ちかろう》行きになるんだとか。

入国手続にパスポートが必須《ひっす》の日本で育った身としては、当然のように感じる。

けれども、税を払《はら》うだけでだいたいの国に入国できる異世界《こちら》基準では、手間に感じてしまう人が多数派。

キルファさんの話では、ドゥラの森に入るのは採取目的の冒険者や薬師ぐらいで、行商人ですら滅多《めった》に来ない、とのことだった。

「ドゥラの森にはね、ボクたち猫獣人《ケットシー》だけじゃにゃくて、他の獣人たちの里もあるんだよ」

「他の獣耳《ケモミミ》が――げふんげふん。……失礼しました。猫獣人以外の獣人種ですか？」

「うん。熊獣人でしょ、妖狐族《ようこぞく》でしょ、虎人族《ハイ・ケットシー》に魔狼族《まろうぞく》と犬人族《けんじんぞく》なんかもいるにゃん」

「っ……。そのドゥラの森とかいう場所、獣人たちの宝石箱ですか？」

「だっはっは！　宝石箱に例えるなんざ、あんちゃんはホント獣人が好きなんだな」

「むしろ嫌《きら》う心理が俺には理解できませんよ」

「キルファ殿の婿《むこ》役を務めるのに、シロウ殿以上の方はいないでしょうね」

猫耳パラダイスかと思っていたら、まさかの獣耳オールスターズ。

俺にとっては楽園を通り越《こ》し、もはや理想郷にも等しい聖なる地でしかない。

大丈夫《だいじょうぶ》だろうか俺？

ちゃんとニノリッチに戻ってくることができるだろうか？

うっかり永住とかしないよう、誘惑《ゆうわく》に負けず意志を強く持たないといけないな。

「あんちゃんの獣人好きはいまさらだから置いとくとして、だ」

ライヤーさんはそう言うと、

「都市国家オービルか。さて、どうすっかねぇ」

真面目な顔へと早変わり。

「どうするとは、どゆ意味でですか？」

「キルファ殿の故郷は、ニノリッチからそれなりに距離があるのです」

俺の質問に答えたのは、ロルフさんだった。

「移動に日数がかかるというわけですか」

「ええ。ギルアム王国に隣接《りんせつ》する都市国家とはいえ、一度国を出ることになります。馬車の移動と考えても、準備と移動を含め一月《ひとつき》半から二月《ふたつき》はかかるでしょう」

「なるほど」

ギルアム王国のご近所となると、ママゴンさんに乗せてもらえば数時間でつきそうだな。

そう考え、ママゴンさんに乗せてもらいましょう、と提案しようとしたタイミングでのこと。

「おっし。いい機会だ。全員、一度故郷に顔出してくるか」

パーティリーダーから、帰郷の提案があがった。

「どうだロルフ？」

「良い考えかと。私もずいぶんと師にお会いしておりませんからね。故郷の神殿《しんでん》に顔を出せば、師も喜ぶことでしょう」

ライヤーさんの提案に、ロルフさんも同調する。

「おれもいい加減、親父《おやじ》やお袋《ふくろ》、バカ兄貴共が恋《こい》しくなってきたからな。ここらで里帰りして、家族や世話んなった奴《やつ》らに会ってくるのもいいだろうよ」

「へええ。ライヤーさんにはお兄さんがいるんですか？」

「いるぜ。それも四人もな」

「わーお。大家族ですね」

「そうか？　田舎《いなか》の農家じゃ当たり前だけどな」

ライヤーさんは農家の五男坊として生まれたそうだ。

実家に残っても受け継《つ》ぐ畑がないため、冒険者になったのだと続けた。

「農家の末っ子が、いまじゃ『妖精の祝福』に所属する銀等級冒険者ですか。大出世じゃないですか？」

「若くして大商人になったあんちゃんに言われると、なんかこそばゆいな」

「あはは。俺は人との巡《めぐ》り合わせに恵《めぐ》まれただけですよ。蒼い閃光のみなさんとかね！」

「カーッ。うまいこと持ち上げてくれんじゃねぇか。呑《の》め呑めあんちゃん。今日はおれの奢《おご》りだ！」

「ボクもシロウに奢っちゃうにゃー。おねーさーん、お酒ちょーだい！　びーる！　シロウが好きなびーる持ってきて欲《ほ》しいにゃ！」

ライヤーさんが俺の肩《かた》をバシバシ叩き、キルファさんが給仕《きゅうじ》に追加のビールを頼《たの》む。

本日も盛り上がってまいりました。

蒼い閃光とビールで乾杯《かんぱい》（ロルフさんは紅茶）。

ビールで喉を潤している最中、ふと気づく。


――あれ？　ライヤーさんってば、ネスカさんに帰郷するか訊《き》いてないな。

どうしてネスカさんには訊かないのか？

不思議に思い、チラッとネスカさんを見れば……ああ、はいはい。そゆことですか。

テーブルの下。

ぱっと見ただけじゃわからないけれど、ネスカさんとライヤーさんのお手々がしっかりと握られていた。

それも指と指を絡ませる、恋人繋《こいびとつな》ぎで。

これはもう、完全にアレじゃんね。

二人して相手のご両親に挨拶《あいさつ》しに行く感じが、ひしひしと伝わってくるじゃんね。

だからライヤーさんは、敢《あ》えてネスカさんに訊かなかったのだ。

むしろこれは、里帰りするタイミングを伺《うかが》っていたまであるぞ。

あー、ホント末永く爆発《ばくはつ》すればいいのに。

「キルファ殿に父君から手紙が届いたのも、神のお導きかもしれませんな」

「違《ちが》いねぇ」

ロルフさんの言葉に、ライヤーさんがしみじみと頷くのだった。

◇◆◇◆◇

夜はまだはじまったばかり。

けれども一時的とはいえ、『故郷に帰る』と決まったからだろう。

みんな、どこか嬉《うれ》しそうだった。

「あ、そだ。キルファさん、」

「んにゃ？」

「ご両親への挨拶ですけど、なにか包んで持っていった方がいいですよね？」

「包む？」

俺の問いに、キルファさんが首を傾《かし》げる。

「挨拶の品……お土産《みやげ》みたいなものです」

「えー!?　ボクのとーちゃんとかーちゃんに気なんて遣《つか》わなくていーんだよ？」

「でも、仮にも婚約者《こんやくしゃ》のフリをするわけですからね。手ぶらってワケにはいきませんよ」

「ん～……あ！　じゃー、ボクの弟と妹にお菓子《かし》持っていってほしーにゃ。シロウのお菓子はおいしーから、きっと喜ぶにゃ」

「…………シロウ、チョコ。チョコを贈《おく》るべき」

「待ってくれあんちゃん。相手の親に挨拶するのに、土産が必要なのか？」

「俺の故郷では用意することが多いですね」

「そうか。あんちゃんの国は礼儀《れいぎ》を重んじるみてぇだからな。ってことはだ。おれも土産を用意した方がいいってことか」

会話の流れから、ライヤーさんがネスカさんのご両親に会いに行くことが確定した瞬間《しゅんかん》だった。

婚約者のフリをするだけの俺とは違って、ライヤーさんはガチだもんね。

相手方への第一印象は、地味に大切なのだ。

「シロウ殿の故郷の風習に倣《なら》う必要はありませんが、相手のご両親に好印象を与《あた》えるきっかけにはなるでしょう」

「そうか。ロルフもそう思うか」

「………ライヤー、チョコ。チョコを贈るべき」

ロルフさんを除く全員が気持ちよく酔《よ》っ払《ぱら》い、帰郷前の飲み会を大いに楽しむのだった。

なお、お酒を飲んだ全員がガッツリ二日酔《ふつかよ》いになり、翌日ロルフさんに『解毒《キュア》』をかけてもらうことになるのだった。

◇◆◇◆◇

「というわけで、ちょっとキルファさんの帰郷に同行することになったんだ」

その日の営業を終えた俺は、店でアイナちゃんに事情を説明していた。

「……そっか。シロウお兄ちゃん、キルファお姉ちゃんのお家にいくんだね」

「猫獣人の国――里には前から興味があったし、なにより他ならぬキルファさんの頼みだからね。助けてあげたいんだ」

「……うん」

俺を見上げるアイナちゃんは笑っていた。

けれども、その瞳《ひとみ》には寂《さび》しさが浮《う》かんでいる。

無理して笑っているのは明らかだ。

アイナちゃんのお母さん、ステラさんはいまニノリッチを留守にしている。

旦那《だんな》さんを――アイナちゃんのお父さんを捜《さが》すため、旅に出たのだ。

大好きなお母さん《ステラさん》が不在のなか、俺までニノリッチを留守にすると言い出せばどうなるか？

アイナちゃんが寂しい思いをするのは当然だろう。

けれどもそこは想定内。

だから俺は、

「それでね、アイナちゃんさえ良かったらなんだけど」

「……うん」

俺は、アイナちゃんに笑いかけ。

「一緒《いっしょ》に行かない？」

「………………え？」

俺の提案が意外だったのだろう。

アイナちゃんは目を大きくし、口をあんぐりと。

「で、でもアイナがいたら、キルファお姉ちゃんがこまっちゃうでしょ？」

「そんなことないよ。というか、すでにキルファさんの許可は貰《もら》ってあるんだ」

「……そうなの？」

「そうなの。キルファさんもね、『アイナもいたら楽しい旅になるにゃー』って言ってたよ」

「……キルファお姉ちゃん」

アイナちゃんは嬉しそうに微笑《ほほえ》むと、両手で自分の胸を抱《だ》いた。

キルファさんの優《やさ》しさが、心のグッとくる部分に刺《さ》さったのだろう。

アイナちゃんの事情は、仲間内はもちろん、店の常連客にも広く知れ渡《わた》っている。

寂しさが少しでも紛《まぎ》れるようにと、常連客もアイナちゃんを気にかけてくれていた。

子供たちに人気な青年冒険者《ぼうけんしゃ》は、クエスト《仕事》中に見つけた花やきれいな石をお土産に持ってきてくれる。

お話し好きな婚活中のお姉さんは、店の休憩《きゅうけい》時間を見計らってアイナちゃんをお茶会に誘ってくれる。

お節介《せっかい》焼きなおばさんは、しょっちゅう晩御飯《ばんごはん》のオカズを作りすぎては、アイナちゃんにお裾分《すそわ》けしている。


みんなアイナちゃんが大好きなのだ。

だから笑ってほしくて世話を焼きたがるのだ。

彼《かれ》、彼女《かのじょ》らの気遣《きづか》いを、アイナちゃんも嬉しく感じている。

おかげで俺の店は、いつだって優しさに満ち溢《あふ》れていた。

わりと自信を持って「世界一幸せな店です」って言えるぞ。

「シロウお兄ちゃんは、めいわくじゃない？」

「ぜーんぜん。むしろ俺もアイナちゃんが来てくれたら楽しいよ」

「……うん」

「それにステラさんにも約束したしね。『アイナちゃんのことは任せてください』ってさ」

「うん」

アイナちゃんは、少しだけ涙《なみだ》を浮かべ、

「ありがとう、シロウお兄ちゃん」

嬉しそうに微笑むのだった。

第三話　同行者は

町の関係者各位に、店をしばらく閉めることを知らせてまわる。

常連客のみなさん。ギルドマスターのネイさん。俺と取引している商人たち。

並行《へいこう》して妖精《ようせい》の祝福への納品分に、商人との取引に使う品々。

こちらは不在分も合わせ、多めに用意することも忘れてはいけない。

ただ、幸いなことに。

「しょ～がないな～。詩織《しおり》が手伝ってあげるよ～」

「兄ちゃん、お土産忘れちゃダメだからな！」

土曜日と日曜日だけは、俺の代わりに妹の詩織と沙織《さおり》が店を開けてくれることになった。

バイト代としてなにを要求されるのか、考えるだけで恐《おそ》ろしい。

とはいえ、『商人士郎《しろう》』としての挨拶回りはこれでよし。

お次は個人的に親交のある人たちだ。

まずはパティ。

妖精の祝福《ギルド》にいたパティに、猫獣人《ケットシー》の里に行くことを伝える。

パティのことだから、てっきり「あたいもいくぞ！」と言い出すかと思っていたのだけれど、

「そっか。二人とも気をつけていくんだぞ。親分の命令だからなっ」

予想に反し、今回は町に留《とど》まるつもりのようだ。

これには俺とアイナちゃんもびっくり。

二人してぽかんとしてしまった。

「な、なんだよその顔はっ？」

「いや、親分のことだから一緒に来るのかなー、って……ねぇ？」

隣のアイナちゃんに同意を求める。

アイナちゃんはこくこくと頷き、口を開く。

「うん。アイナも。アイナも、パティちゃんはくるとおもってた」

アイナちゃんが背負っているカバンは、パティの隠れ家《かくが》でもある。

一緒に来るパティの居心地《いごこち》が少しでも良くなるようにと、アイナちゃんはカバンの中を拭《ふ》いてきれいにし、床材《ゆかざい》としてタオルまで入れていたのに。

その準備がムダになってしまったぞ。

「そりゃ、あたいは親分だから、弱っちいシロウを守ってやらないといけないのはわかってる。でも、いまはダメなんだよ……」

空中でパティがガックリと肩を落とす。

なんか、本気で残念がっているみたいだ。

「どしてなの親分？」

「実はな、里のヤツらがニノリッチにくる、って言うからさ。あたいが面倒をみてやらないといけないんだ」

「え、『里のヤツら』って……まさか妖精族《フェアリー》？　親分以外の妖精ってこと⁉」

「そうだぞ。こないだじーじ――ぞ、族長に会いに里にいったらな――……」


先日、パティが妖精族の里に顔を出したときのことだ。

族長《じーじ》への挨拶も済んで、さてニノリッチに帰ろうか、と思ったタイミングでのこと。

突然《とつぜん》、里の妖精たちがパティを呼び止め、話しかけてきたそうだ。

「パティ、只人族《ヒューム》の里ってどんなところだ？」

「只人族のほかにどんな種族がいるか教えてくれ！」

「うまい食べ物があるって聞いたぞ！」

「うまい酒もあるんだろっ？」

「おいしいハチミツがいくらでもあるんでしょ？」

「水浴びの代わりにお湯に入るってホントか？」

話しかけてきたのは、パティと同世代の若い妖精ばかり。

以前までのパティは里で避《さ》けられ続けていた。

そんなパティにとって、同世代の同胞《どうほう》に囲まれるのははじめてのことだった。

誰《だれ》も彼もが只人族の里——ニノリッチに興味津々《きょうみしんしん》。

パティが語ってみせる異文化の生活に、みんな真剣《しんけん》な面持《おもも》ちで聞き入っていた。

そんな状況《じょうきょう》に気を良くしたパティは、

「お、お前たちもニノリッチにきてみるか？」

と言ってしまったそうだ。

実にパティらしい発言。その場の光景が目に浮かぶぜ。

そして妖精たちの反応は、それはそれは凄《すさ》まじいものだった。

「いいのか⁉　行く！　おれは行くぞ！」

「あたしも行くわ！」

「オイラも！」

「なら私も只人族の里に行こうかしら」

パティの話を聞いていたほぼ全員が、ニノリッチに来たいと、行きたいと言い出したのだ。それも食い気味で。

若い妖精たちにとって、里で同じ毎日を繰《く》り返す日々は退屈《たいくつ》だったのだろう。

そんな妖精たちにとって、只人族の町で自由気ままに生きるパティが羨《うらや》ましく映ったに違いない。

妖精族には『里の外に出てはいけない』、という掟《おきて》が存在する。

けれども、それもいまじゃかつてのもの。

パティのお腹《なか》に記されている『紋章《もんしょう》』の一件で、掟があまり当てにならないことが証明されてしまったからだ。

若い妖精の要望に、さしもの族長もしぶしぶ許可を出すことに。

こうして、ニノリッチの（というかパティの）受け入れ体制が整い次第《しだい》、妖精たちが遊びに来ることになったそうだ。

パティにとっては、同族の友だちを作るチャンスでもある。

三〇〇年生きてきたパティに、はじめて同族の友だちができるかもしれないのだ。

となれば、子分として応援《おうえん》しないわけにはいかないじゃんね。

「そっか。わかったよ親分」

「ごめんなシロウ」

「いいさ。でも代わりに、同族の仲間にニノリッチの素晴《すば》らしさを教えてやってね」

「っ……。あ、あたりまえだろっ。この町はエレンが作ったんだからなっ。イヤって言われても教えてやるぞ！」

パティはえっへんとして、

「アイツらがきたら蜂蜜《はちみつ》酒を作らせるからな！　いっぱい――いっぱい作らせるからな！　楽しみにしてろよっ」

「……え？」

「だってアイツら、『おカネ』を持ってないだろ？　あたいがタダで飲み食いさせてやるかわりに、蜂蜜酒を作らせるんだ！　どーだ？　いい考えだろ？　名案だろっ？」

ドヤ顔で語って見せるパティ。

期せずして、『妖精の蜂蜜酒《フェアリーミード》』大量生産の予感。

俺の瞳が金貨色に染まった瞬間でもある。

「おっけー親分。それじゃ、材料の蜂蜜をたくさん用意しておくね。とびきり美味《おい》しいやつをさ」

「ああっ。頼んだぞシロウ！」

パティは満面の笑《え》みで羽をパタパタと。

俺も山と積まれた金貨を想い描《えが》きにっこりだ。

キルファさんの故郷から帰ってきたときには、大量の妖精の蜂蜜酒があるのではなかろうか。

金貨うん十枚で売れちゃう妖精の蜂蜜酒がたくさん……うへへ。

なにそれ。控《ひか》えめに言って最高なんですけど。

ともあれ、こうしてパティは町に残ることになった。

◇◆◇◆◇

お次はママゴンさん（とすあま）。

背中に乗せて運んでもらいたい旨《むね》を伝えると、

「もちろんです主様。主様が望むなら、どこへでもお運びいたします」

快く引き受けてもらえた。

主な移動手段が馬車であるこちらの世界において、ママゴンさんの存在はチート級。国から国の移動も、飛行機のファーストクラスさながらに快適な空の旅を味わうことができる。

ただ、ママゴンさんに移動をお願いする場合、一つだけ問題がある。

「ほう。あの猫獣人《娘》の里に行くのか。ならば私も同行しよう。貴様に万が一があっては寝《ね》覚《ざ》めが悪いからな」

予想通りというか、俺が遠出すると伝えると、セレスさんもついて来ると言い出した。

魔人《まじん》族のセレスさんは、事あるごとにママゴンさんをライバル視している。

護衛を買って出てくれるのは嬉しいのだけれど、自分がママゴンさんよりも有能であることを示したいんだろうな。

「ドラゴンなど止《や》めておけ。目的の地まで私が運んでやるぞ。どうだ？」

「それって以前に提案された、後ろから抱《かか》えてもらうスタイルでの飛行ですよね？　前抱っこみたいに」

「当然だ」

「あ、じゃなしで。今回は俺やキルファさんの他にもアイナちゃんがいますからね。さすがのセレスさんでも三人抱えての飛行は辛いでしょうし、抱えられる俺も辛いですからね」

「チッ」

なにかにつけてママゴンさんに対抗意識《たいこう》を持つの、そろそろ勘弁《かんべん》して欲しい。

◇◆◇◆◇

移動手段《ママゴンさん》と心強い護衛《セレスさん》を得たところで、カレンさんの元へ。

現在カレンさんは、俺と同様にアイナちゃんの保護者的ポジションとなっている。

アイナちゃんが同行するには、カレンさんの許可も貰わなくてはならないのだ。

「なるほどな。アイナも連れて行きたいというわけか」

やってきたのは、役場にあるカレンさんの執務室《しつむしつ》。

執務机《しつむづくえ》の上は、相変わらず書類が山脈を築いていた。

来客が俺であることを知ると、カレンさんは仕事の手を止め、応接用のソファへと移動。

淹《い》れたての紅茶を飲みつつ、話し合いとなった。

「はい。アイナちゃんの気晴らしになると思いますし、なにより子供のうちから他国や他種族の文化に触《ふ》れることは今後の糧《かて》になるでしょうからね」

カレンさんは責任感の強い女性だ。

ステラさんからアイナちゃんを預かっている以上、中途半端《ちゅうとはんぱ》な理由では許可をもらえないかもしれない。

だから学習的な側面もアピールしつつ提案してみる。

「フッ。『他種族の文化に触れる』ときたか。簡単に言っているが、君だからこそ出来ることなのだぞ」

「そゆもんですかね」

「ああ。ただの町娘《まちむすめ》には『他種族の文化』どころか、町の外に出ることも難しいだろうからな」

カレンさんが呆《あき》れたように笑う。

こちらの世界は交通インフラが整っていない上、街道《かいどう》には野盗《やとう》やモンスターとの遭遇《そうぐう》リスクまである。

生涯《しょうがい》を生まれ育った町や村で終える者も多い。

それなのに、やれ王都だ。やれ故郷だ。こんどは猫獣人の里だと、簡単にアイナちゃんを連れ出しているから呆れるしかないのだろう。

「君が望み、アイナもそれを望んでいるのであれば、わたしから言うことはない。ただ、道中気をつけるのだぞ」

「はい。気をつけます」

カレンさんから許可も貰えたことで、これで都市国家オービルに出発できる。

そう思った矢先の出来事だった。

◇◆◇◆◇

旅立つ前に挨拶をと、アイナちゃんと共に訪《おとず》れたシェスの屋敷《やしき》でのこと。

屋敷の応接間に通され、シェスに事情を説明。

俺がキルファさんの婚約者のフリをすること。

キルファさんの帰郷に、アイナちゃんも同行すること。

移動手段はママゴンさんだから、それほど日数はかからないこと。

それらをざっくり説明すると、

「そう。アイナがいくならあたしもいくわ」

「聞いたなアマタ？　ひめ——お嬢《じょう》さまはこう申しておられる」

なぜかシェスまで「一緒に行く」と言い出したじゃないですか。

それも護衛騎士《きし》ルーザさんのおまけつきで。

「「……え？」」

「だから、あたしもいくって言ってるのよ」

「「……え？」」

予想外の言葉に、俺《おれ》もアイナちゃんも唖然《あぜん》とすることしかできない。

「シェスちゃんもいっしょにいくの？」

「いくわよ。アイナとあたしは親友なんだから。でしょ？」

「う、うん。でも……」

困り顔のアイナちゃんが俺を見上げる。

シェスが同行することの判断が、アイナちゃんではできないからだ。

「シェスも？」

「あたしも」

「ルーザさんも？」

「当然だろうアマタ。お嬢さまが行くところ、その側には常にこのルーザがいると思え」

「うわぁ……」

思わず頭を抱えてしまった。

いや、わかる。わかるよ。

シェスはアイナちゃんの親友。

親友が他所《よそ》に遊び（遊びじゃないけど）に行くと知れば、自分も一緒についていきたくなるが人情——というか友情だ。

けれども、シェスはギルアム王国の第一王女。

下々の者の個人的な理由による旅路に、王女が同行するのはさすがにまずいでしょ。

「アイナはいいのに、あたしはついていっちゃいけないの？」

シェスが頬《ほお》をぷくーと膨《ふく》らませ、仁王《におう》立ち。

「えっと。ちょっと待ってねシェス」

「なによ」


落ち着け俺。シェスだって王女さま。

家庭教師から王族としての教育を受けている。

同世代のキッズに比べれば、ことの重大さを理解できる教養もあるはずだ。

ちゃんと話し合えば、理解してくれるに違いない。

「俺が友だちの帰郷に同行する。ここまではいい？」

「それはさっきも聞いたわ」

「うん。説明したもんね。俺が友だち《キルファさん》に頼まれて里帰りに同行する、って」

「だから聞いたっていってるでしょ」

「よし。じゃあ、ここからだ。俺が同行する友だちの帰郷に、アイナちゃんもついてくることになった」

「なら、あたしもついていくわ」

「なんでそーなるの⁉」

シェスは頑《かたく》なだった。

頑なについて行くと言って聞かなかった。

しかも、

「アマタ、お嬢さまの望みを叶《かな》えるのがお前の役目だ」

「いや、ルーザさんこそ護衛なのに止めなくていいんですか？」

「お嬢さまが言って思《おも》い留まるお方なら、私も苦労などしていないだろうがっ！」

「逆ギレ気味に言われても……。てか、それって諦《あきら》めてるだけじゃ――」

「いいなアマタ！　お嬢さまも連れて行くのだぞ！　あと私の飲食と宿泊《しゅくはく》の代金は全てお

前持ちだからな！」

「さり気なくたかってきましたね」

「ふっふっふ。私は減給に次ぐ減給で、自由に使えるおカネがほとんどないのだ」

問答無用、とばかりなルーザさん。

なんで自信満々なのこの人？

一方で、シェスの瞳は真剣そのもの。

絶対についていくという、強い想《おも》いが炎《ほのお》となって灯《とも》っていた。

「シェス、本気？」

「ホンキよ。もちろんお母さまのキョカはもらうわ」

都市国家オービルへ向かう途中《とちゅう》で王都に立ち寄り、許可を貰ってみせると意気込《いきご》むシェス。

さすがにムリじゃないかとは思うけれど、

「アマタがいっしょにいるといえば、きっとゆるしてくれるわ」

とのこと。

どうやら王妃《おうひ》様の俺に対する信頼《しんらい》は、かなり高いものであるようだった。

まあ、それもこれも最高位のドラゴンであるママゴンさんが側にいるからだろうけれどね。

「それに……しりたいの」

「ん、なにをかな？」

「獣人たちが、どんなくらしをしているのかを」

「っ……」

不意を突《つ》かれた気がした。

「ニノリッチやマゼラでは、獣人ともなかよくしているわ。けれど……」

シェスが続く言葉に迷う素振《そぶ》りを見せる。

でも覚悟《かくご》を決めたのか、はっきりと。

「アマタもしっているでしょ？　王都では獣人がきらわれているって。ヒュームじゃない、というくだらないリユウだけで、きらわれているの」

「うん」

「あたしは王女として、それをかえたいの」

「……」

「だから獣人がどんなくらしをしているかしりたいの。どんなことを考えて、ヒュームのことをどう思っているかとか……ど、どうすればなかよくなれるかしりたいのよ！」

シェスは俺をまっすぐに見つめ、続ける。

「王都ではだれもおしえてくれなかったわ。『獣人のくらしなどしるヒツヨウはありません』ともいわれたわ」

シェスの言葉は段々と熱を帯びていき、

「でも——だからこそ、だれもおしえてくれないのなら、あたしがジブンの目でみるしかないわ。だからおねがいアマタ。あたしもつれていって。おねがいよ」

胸に秘《ひ》めた強い想いが、俺へと突き刺さった。


『子供のうちから他国や他種族の文化に触れることは今後の糧になるでしょうからね』


カレンさんに俺が言った言葉。

あのときの言葉が、まさか俺自身に跳《は》ね返ってくるとはね。

「わかったよシェス」

俺は大きく頷《うなず》き、

「一緒に行こう！」

シェスを旅に誘《さそ》うのだった。

「っ……。ありがとう、アマタ」

こうして、シェス（とルーザさん）も同行することになったのだった。

◇◆◇◆◇

シェスも同行することになった。

けれども、王女を護衛するとなると、現状のメンバーだけでは心許《こころもと》ない。

いや戦力的には問題ないよ。セレスさんとママゴンさんがいるし。

なんなら十分どころか、オーバーキル待ったなしなほどの過剰《かじょう》戦力だ。

けれどもママゴンさんもセレスさんも、いかんせん『常識』というものが欠けている。

護衛騎士であるルーザさんも剣《けん》の腕《うで》は一流なのだけれど、しょっちゅうシェスを見失うし、ちょっとだけ性格に難がある。

そして常識不足という点では俺も同様だ。

こちらの世界にいくらか慣れたとはいえ、所詮《しょせん》は日本育ち。

知らないことのほうがまだまだ多い。

シェスは王宮育ちで世間知らずだし、アイナちゃんは九歳《さい》になったばかりの子供。

現状では、キルファさん一人に俺たち全員の面倒《めんどう》を強《し》いることになってしまう。

だから、せめてあと一人。

こちらの世界の『常識』を有し、頼《たよ》りになる人をあと一人ぐらい欲《ほ》しい、と捜した結果。

「シロウ君、事情は理解したよ。ならば僕《ぼく》も同行しよう」

ありがたいことに、騎士のデュアンさんにも同行してもらえることになった。

バシュア伯爵《はくしゃく》の騎士、デュアン・レスタード。

忠誠を誓《ちか》った先はバシュア伯爵。シェスフェリア王女殿下《でんか》を護《まも》る義務はない。

けれども、ニノリッチはバシュア伯爵領に含《ふく》まれる。

ニノリッチの町に滞在《たいざい》しているはずのシェスの身に何かあれば、バシュア伯爵にも責が及《およ》ぶ可能性があるのだ。

だからだろうか、国外に行くというのに同行を申し出てくれた。

正直、とても心強い。

「ニノリッチは平和な町だからね。騎士である僕が見回らずとも、カレン嬢が組織した自警団で十分なんだ」

デュアンさんが微笑み、真っ白な歯がキラリと光る。

身も心もイケメンなデュアンさんの同行に俺は喜び、一方的に片想《かたおも》いしているルーザさんはもっと喜んだ。

斯《か》くて、猫獣人《ケットシー》の里に向かうメンバーはキルファさん、俺、アイナちゃん、ママゴンさんとすあま。セレスさんにシェスとルーザさん。

そこにデュアンさんも加わり、総勢九名の大所帯となった。

なお、出発の朝。

待ち合わせ場所にやってきた追加メンバーを見たキルファさんは、

「ねー、シロウ……」

「な、なんでしょう？」

「アイナとママゴンとすあまの他に、にゃんで四人もいるの？」

「にゃんでですかねー」

「こんなにいるなんて、ボク聞いてないいんだにゃー!!」

絶叫《ぜっきょう》するキルファさんを見て、ライヤーさんが腹を抱えて笑っていた。

第四話　それぞれの故郷へ

ニノリッチ《町》の入口に集合した蒼《あお》い閃光《せんこう》と、猫獣人《ケットシー》の里に向かうチーム。

まずは総勢一二名で徒歩移動。

ニノリッチからそれなりに離《はな》れたところで、

「主様、ではここで」

「お願いします」

ママゴンさんの体がピカッと発光。

次の瞬間《しゅんかん》、そこには巨大《きょだい》なドラゴンの姿が。

ママゴンさんからドラゴンさんに大変身。

ちなみにニノリッチから距離《きょり》を取ったのは、ドラゴンの登場にニノリッチの住民がパニックにならないよう配慮《はいりょ》したためだ。

「んにゃぁぁぁぁあっ!!」

「うおおーーーーっ！　すっっっげぇなこれ！」

「…………驚《おどろ》き」

「まさかドラゴンの背に乗れる日がやってくるとは……。天空神フロリーネの導きに感謝を」

ママゴンさんによる、ドラゴンへの変身を間近で見た蒼い閃光のみんなが大興奮。

一方で、

「なんと美しい。これがシロウ君が使役《しえき》しているドラゴンか」

「使役なんてしてませんよ。彼女もまた俺の友人の一人です」

「そうか。そうだったね」

デュアンさんが、恐れと敬意が混ざったような眼差《まなざ》しでママゴンさんを見上げ、

「ド、ドド、ドドドドドドドーーーッ!?」

ここでもルーザさんは効果音みたいに『ド』を繰り返していた。

一方で、アイナちゃんとシェスのキッズコンビ。

「……このドラゴンにのるのね」

「そうだよシェスちゃん」

「アイナはなんどものっているの？」

「んー、そんなにいっぱいじゃないよ」

「でもなんどかはのっているのよね。お、おちないかしら？」

「だいじょうぶだよ。んと、ママゴンお姉ちゃんの毛をね、こう、ぎゅってこしにまくんだよ」

「やってみるわ」

アイナちゃんのレクチャーに、シェスが真剣な顔で聞き入っている。

はじめてのドラゴンへの騎乗《きじょう》。はじめての空の旅。

きっと空から落ちないかとか、いろいろ考えてしまうんだろうな。

『どうぞ主様』

騎乗しやすいように、ママゴンさんが身を低くする。

「じゃあみなさん、ママゴンさんの背に乗りましょう。すあまもお母さんに乗るよ」

「あぃ」

すあまの両脇《りょうわき》を抱えあげ、ママゴンさんの背に乗せる。

ママゴンさんの背にぽふんと乗ったすあまは、とてとてと歩いて首の付け根のあたりに座《すわ》り込《こ》む。

あの場所がすあまの定位置なのだ。

それを合図に、他のメンバーも乗りはじめた。

「おわぁっ⁉　想像してたより柔らけぇんだな」

「…………ふわふわで、暖かくて、心地《ここち》いい」

「ふにゃん！　気持ちいいんだにゃ！」

「おぉ。これがママゴン殿《どの》の……。なんと素晴らしい」

蒼い閃光がママゴンさんに乗った感想を述べる。

ネスカさんとキルファさんに至っては、ごろりと寝転《ねころ》がり、全身でママゴンさんの肌触《はだざわ》りを堪能《たんのう》しているぞ。

ドラゴン形態のママゴンさんって、超《ちょう》でっかい犬に乗ってるみたいで心地良《ここちよ》いんだよね。

「アイナ、いっしょ！　いっしょにのって！」

「うん。はいシェスちゃん、手」

「はなっ、はなさないでよっ！」

「だいじょうぶ。はなさないよ」

アイナちゃんとシェスが手を取り合い、ママゴンさんの背へ。

その光景を見ていたルーザさんが、チラリチラリとデュアンさんに視線を送る。

どうやらルーザさんも手を繋《つな》いで騎乗したいようだ。

しかし——

「次は僕かな」

残念。イケメンは恋する乙女《ルーザさん》の視線に気づかなかったようだ。

「よっと」

ママゴンさんの背に、ひらりと飛び乗るイケメン。

ルーザさんの口から「あぁ……」と残念そうな声が漏《も》れた。

でも、

「さあ、ルーザ殿も」

イケメンはやっぱりイケメンだった。

ルーザさんに手を差し伸《の》べることを忘れない。

「っ……。ああっ！」

ルーザさんは超笑顔《ちょうえがお》で、デュアンさんの手を取っていた。

最後に俺がママゴンさんに乗り、いざ出発。

目指すはみんなの故郷。

そして最終目的地が、キルファさんの故郷が在るドゥラの森だ。

ただドゥラの森に入る関係上、必ず都市国家オービルを経由しないといけない。

ともあれはじめて行く国や街って、日本も異世界も変わらずワクワクするよね。

これもトラベラーズ・ハイなのかな？

ワクワクを胸に、俺たちを乗せたママゴンさんが空へと舞《ま》い上がる。

空からの眺《なが》めに全員が歓声《かんせい》を上げ、

『貴女《あなた》についてこれますか、魔人？』

「舐《な》めるなよドラゴンが。以前の私とは違《ちが》うぞ」

やっぱりというか、今回もセレスさんは自走（単独飛行）による移動を強いられるのだった。

◇◆◇◆◇

移動場所が複数あるため、ここからは巻きでいきたいと思う。

まずは西に飛び、ギルアム王国の二つ隣《となり》の国にある地方都市でロルフさんを降ろす。

お次は、ライヤーさんとネスカさん。

どちらの故郷に先に行くべきか相談した結果、より遠方にあるライヤーさんの実家へ向かうことに。

末永く爆発《ばくはつ》して欲しいカップルを降ろし、俺たちは再び空へ。
ライヤーさんのご両親に、ガッチガチに緊張《きんちょう》しながらチョコを渡《わた》しているネスカさんの背中を見送りつつ、ギルアム王国の王都へ出発。

国を跨《また》いで移動していたため、この時点ですでに夕方。
シェスも王妃の許可を貰《もら》わないといけないし、このまま王都で一泊《ぱく》する運びとなった。
もちろん無理をすれば、その日のうちに都市国家オービルまで行くことはできた。
けれどもその場合、

「はひゅーっ。はあっ、はあっ、はあっ……はひゅーっ」

一度もママゴンさんの背に乗ることなく、単独飛行でがむしゃらに後をついてきたセレスさんの命がそろそろ危《あや》うい。

なんならすでに呼吸音がヤバ目だ。

あとほんの少しでも無理をすれば、取り返しのつかないことになってしまうのではなかろうか？

こんなことになるのなら、はじめから王都で待っていてもらえばよかった。

急いで宿を借り、セレスさんをベッドに寝《ね》かせる。

シェス（とルーザさん）は王宮へ行き、久しぶりにご両親と再会。

一方で俺は、自分が所属する商人ギルド『久遠《くおん》の約束』のギルドマスター、ジダンさんと再会。

ジダンさんのお誘いで他のメンバーと共に食卓《しょくたく》を囲み英気を養う。


翌日、昼過ぎにシェスたちと合流。

シェスは無事に同行の許可を貰えたとのこと。

それに加え、王妃から俺へのサプライズプレゼントとして、『王妃の御用《ごよう》商人』なる称《しょう》号《ごう》と証明書を頂戴《ちょうだい》した。

デュアンさん曰《いわ》く、この『ギルアム王国王妃の御用商人』という立場はそれなりに大きいものらしい。

王妃さまからの言伝《ことづて》で、

『オービルへの旅にお役立て下さい』

とのことだった。

シェスも正式に許可を得たところで、改めて都市国家オービルに向けて出発するのだった。

第五話　都市国家オービル

ママゴンさんの背に乗ること、四時間ばかり。

「あそこ！　あそこがオービルだにゃ！」

やっと経由地である都市国家オービルが見えてきた。

キルファさんが指さした先に視線を送れば、立派な城郭《じょうかく》都市の姿が。

「……王都よりおおきいわね」

とは、シェスの言葉。

どことなく悔《くや》しそうなのは、気のせいではないだろう。

都市国家オービルは、確かに四時間前に出発したギルアム王国の王都よりも大きかった。

目算しただけでも二倍ぐらいはありそうだぞ。

都市の中心に城があり、西側にはコロシアムまで見える。

このコロシアムでは剣闘士《けんとうし》による賭《か》け試合が行われており、数年に一度、近隣《きんりん》諸国から呼び集めた猛者《もさ》たちによる闘技《とうぎ》大会なんかも開催《かいさい》されているそうだ。

時間があれば観戦してみたいよね。

周辺には農地や牧草地が広がっており、作物を収穫《しゅうかく》する農夫や草を食《は》む家畜《かちく》の姿もちらほらと。

都市国家オービルは、北東にギルアム王国。

東にアルパ公国。

西にジェスタク神聖国。

南に傭兵《ようへい》国家サザビィと、それぞれの街道を繋ぐ位置にあり、そのため交易が盛《さか》んであるらしい。

四国にとって重要かつ絶妙《ぜつみょう》な位置にあるため、逆に攻《せ》められることがないそうだ。

おそらくどこかが都市国家オービルを侵略《しんりゃく》しようとすれば、他の三国から激しい突き上げを喰《く》らうのだろう。

そのためここ二〇年ばかり戦争がなく平和で、都市もどんどん発展していっているらしい。

そりゃギルアム王国の王都よりも大きくなるわけだ。

『主様、右の草原に降り立ちましょうか？』

ママゴンさんが訊《き》いている。

このまま飛んでいくと、ドラゴンの襲撃《しゅうげき》に間違《まちが》われてしまうからだ。

「お願いします」

『承知しました』

なので近くの草原に降り立ち、そこから徒歩で都市国家オービルへ向かうのだった。

◇◆◇◆◇

「へーミンて、マチにはいるのにもこんなにならばないといけないの？」

と零《こぼ》したのはシェスだった。

すでに、都市に入るのに三時間ほど並んでいる。

並びはじめたときより三分の二は進んだから、あと九〇分ほどで入れるのではなかろうか。

まるで某《ぼう》テーマパークの人気アトラクション並の待ち時間。

「そうだよシェス。俺たち平民はね、街に入るのに一日並ぶことだってあるんだ」

「一日もっ!?」

「そ。まる一日も」

王族であるシェスは、街に入るのに並ぶ必要がない。

ロイヤルファミリーは伊達《だて》ではないのだ。

「シェスちゃん、王都にはいるときもね、アイナたちいっぱいならんだんだよ」

「そうなの？」

「うん」

アイナちゃんが、シェスに王都に入るときのことを話しはじめる。

最初は門番に怪《あや》しい目で見られたこと。

セレスさんが賄賂《わいろ》を渡そうとしたこと。

ママゴンさんが、いまと同じように周囲からも物理的にもずっと浮《う》いていること。などなど。

俺と一緒《いっしょ》になって、笑いを挟《はさ》みつつ話していると、

「次の者、来い」

やっと俺たちの番になった。

厳《いか》つい門番のおじさんが、こちらに手招きしている。

「黒髪《くろかみ》に黒目。ここいらじゃ見ない風貌《ふうぼう》だな。何者だ？」

「俺は尼田《あまた》士郎《しろう》。ギルアム王国からきた商人で、こちらのみんなは同行者です」

「む、徒歩の商人にしては多いな。全部で何人だ？」

「九人ですね」

門番の質問に、代表して俺が答える。

他国の騎士であるデュアンさんとルーザさんはもちろん、王女であるシェスの存在は秘密にしなければならない。

なので行商人一同とその護衛、という体でいこうと事前に打ち合わせ済み。

けれどもこちらは男女と子供の混成チーム。

当然、門番はこちらを訝《いぶか》しむ。

門番は先頭の俺から順に、同行している仲間の顔を見ていき、

「女の方が多いのか。それに子供と……む？」

シェス、ルーザさん、セレスさんと続き、キルファさんを見たときだった。

「オイ、そこの女」

「ボク？」

「そうだ。お前だ。フードを取ってこちらに顔を向けろ」

不意に門番が、キルファさんに被《かぶ》っていたフードを取るように言ってきた。

なにやら嫌《いや》な予感がするぞ。

「……こうにゃ？」

言われるままに、キルファさんがフードを取る。

瞬間——

「チッ。猫獣人《ケットシー》か」

門番の顔が、あからさまに歪《ゆが》んだ。

不快なものでも見るような目を、キルファさんに向ける。

「獣人を連れた商人……。お前、奴隷《どれい》商か？」

「いやいや、まさか」

こちらを見る門番の視線が、明らかに厳しいものになった。

「猫獣人の彼女《かのじょ》は、俺《おれ》の大切な仲間ですよ」

「フハハッ。獣人が仲間だと？　あまり笑わせるなよ」

門番がこちらを嘲《あざけ》るように笑う。

ぶん殴《なぐ》りたいところだけれど、ここはぐっと我慢《がまん》。

アイナちゃんに目配せし、シェスが暴れないようお願いする。

こくりと頷いたアイナちゃんは、シェスの手を引いて少しだけ離れた場所へ。

「シェスちゃん、こっちでまっててよ」

「ちょっとアイナ！　あたしはアイツにモンクをいってやー――」

「しーっ。シェスちゃん、しーっだよ」

どうやら間一髪《かんいっぱつ》だったようだ。

荒《あら》ぶるシェスを、アイナちゃんがなんとか宥《なだ》めている。

けれども問題なのが他にも二名。

「……シロウ、その者を消せと命じてもいいぞ」

「主様、塵虫《ごみむし》の処分は私にお任せを」

セレスさんとママゴンさんだ。

俺同様、二人とも門番の発言に怒《おこ》っている。

非常に怒っている。

二人とも、何度かキルファさんと一緒に仕事をしたことがあるからだろう。

特にセレスさんなんか、キルファさんと戦ったことまである。

かつての敵は今日の友、とまでは言わないけれど、セレスさんはキルファさんのことを気に入っているのだ。

「シロウ、早く命じろ」

「さあ主様」

抹殺《まっさつ》命令を催促《さいそく》してくる二人をどう思い止《とど》まらせるべきか、真剣《しんけん》に頭を悩《なや》ませていると、

「ちょっと待つにゃ！　オービルはボクたち獣人にも優《やさ》しい街だったはずにゃ！」

キルファさんが声をあげた。

「獣人に優しい、だと？　フハハッ。いったい何年前の話をしている？」

「……え？」

「獣人に温情があったのは先王ミケール様だ。当代の国王であらせられるエルト陛下はな、獣人を獣人らしく扱《あつか》えとご命じになられているんだよ」

「――っ。そんにゃ……」

門番の言葉を受け、キルファさんは愕然《がくぜん》としている。

どうやらこの七年の間に、オービルの国王が代替《だいが》わりしていることを知らなかったようだ。

「そんなことも知らぬとは怪しいヤツらだな。商人というのも疑わしい。こっちに来い。詳《くわ》しく調べさせてもらおう」

門番が顎《あご》で背後の小屋を指し示す。

きっといちゃもんでもつけて俺たちを追い返すか、もしくは入場税の割増要求でもするつもりなのだろう。

けれども、俺とてメンバー構成が怪しい自覚はある。

不審《ふしん》に思われ警戒《けいかい》されるこの状況《じょうきょう》も想定内だ。

「先ほどもお伝えしたように、俺たちはギルアム王国から来た商人です」

「行商にしては妙《みょう》な組み合わせに見えるが？」

「そう言われると思い、こちらを用意してきました。……どうぞ。こちら、俺の身元を保証する書類になります」

「ふむ。見せてみろ」

俺は用意していた二通の書類を門番に渡す。

一通は『久遠の約束』のギルドマスターであるジダンさんが用意してくれた、ギルドに所属する商人である証明書。

そしてもう一通が、

「…………なっ⁉　ギルアム王家の御用商人だとっ⁉」

「あはは。やだなー、よく見てくださいよ。王家の御用商人ではなく、王妃さま個人の御用商人ですよ」

「王妃の……」

ギルアム王国の第一王妃——つまり、シェスのお母さん直筆の証明書だ。

前者は俺が用意したもので、後者は王妃が用意してくれたもの。

門番の顔を見るに、効果は抜群《ばつぐん》だったようだ。

「う、うむ。そうか。わかった。ならば通っていいぞ」

さすがはギルアム王国王妃。

さっきまでの態度はどこへやら。

門番が通って良いと言い出した。

「ありがとうございます。それで、入場税は如何《いか》ほどお支払《しはら》いすればよろしいので？」

「っ……。ほ、本来なら只人族《ヒューム》一人につき銅貨一〇枚。獣人一人につき銅貨一五枚を納めて貰うのだが、今回は特別に無料《タダ》で入れてやる。さあ、次が待っている。早く入ってくれ」


——入場税を見逃《みのが》すから王妃さまには内緒《ないしょ》にしてね。

そんな考えが透《す》けて見えたけれども、

「ありがとうございます。では俺たちはこれで」

俺たちは取調室に連れて行かれることもなく、都市国家オービルへの入国を果たしたのだった。

◇◆◇◆◇

門番チェックを終えた俺たちは、門をくぐり抜《ぬ》け街に入場。

出入口《門》付近と言うこともあり、辺りは様々な人でごった返していた。

商人らしき一団。観光客を乗せた馬車。傭兵や冒険者《ぼうけんしゃ》。

治安維持《いじ》のためか、ちらほらと衛兵の姿も。

ただこんなにも人がいるのに、獣人をはじめとした亜人種《あじんしゅ》の姿を見ることはなかった。

先ほどの門番の態度から察するに、オービルは只人族絶対主義の国なのだろうか？

そんな国があると噂《うわさ》には聞いていたけれど、まさか自分が行くことになるとはね。

「あの門番にはほんっとアタマにきたわ。お母さまにいいつけようかしら」

怒《いか》りマシマシの声音《こわね》で、シェスがそんなことを言い出した。

王都で亜人種の孤児《こじ》を世話していたシェスのことだ。

獣人差別を目《ま》の当たりにして、怒りが収まらないのだろう。

異種族の生活を知りたくてついてきたのに、いきなりハードモードな現実を目の当たりにしたシェス。

俺だって異世界の暗黒面を垣間見《かいまみ》た気分だ。

「いけませんよお嬢《じょう》さま。私たちは『商人』として、ここオービルへ来ているのですから」

「わかってるわよ。でも……でもっ、くやしいじゃない！」

ルーザさんが諌《いさ》めるも、未《いま》だシェスの怒りは収まらない。

このままでは門番をきっかけに、外交問題にまで発展してしまうかも。

それだけシェスは怒っていた。そしてシェスの怒りは、俺たち全員の怒りでもある。

けれども、ここはニノリッチでも王都でもなく都市国家オービルだ。

他国の方針にあれこれと文句を言っては、内政干渉《ないせいかんしょう》に取られかねない。

「シェス様どうかご辛抱《しんぼう》を。シェス様もルーザ殿も立場ある者なのですから」

こんどはデュアンさんだった。

デュアンさんは、諭《さと》すようにシェスへと語りかける。

「そして立場ある者は、己《おのれ》の行動を律さなくてはなりません。それが持つ者の義務ではありませんか？」

「……わかったわよ。ガマンするわよ」

デュアンさんの問いに、渋々《しぶしぶ》といった感じでシェスが頷《うなず》く。

イケメンぐっじょぶです。

「ありがとう。シェス」

「やめてよアマタ。あたしを子どもあつかいしないで」

「違うよ。怒ってくれたことにだよ」

「……？」

俺の言葉に、シェスがきょとんとする。

「だってさ、」

そこで一度区切ると、俺は仲間の顔を見回した。

ここにいるのは、気心知れた仲間ばかり。

だから顔を見ただけでなにを考え、なにを思っているかもわかる。

「ここにいるみんなも、あの門番には頭にきてるからね」

「っ……。そ、そうなの？」

シェスが隣のアイナちゃんを伺《うかが》う。

アイナちゃんは大きく頷くと、

「そうだよシェスちゃん。アイナもさっきのおじさんに怒ってるよ。すっごくすっごく怒ってるよ」

両手をぎゅっと握《にぎ》っているアイナちゃん。

力を込めすぎたからか、いつもよりちょっとだけ肩《かた》の位置が高い。

優しいアイナちゃんでも――優しいアイナちゃんだからこそ、理不尽《りふじん》な蔑《さげす》みに怒っているのだ。

そしてアイナちゃん同様、この場にいる全員が怒っていた。

大切な友人を傷つけられ怒っているのだ。

セレスさんやママゴンさんが、制裁という名の下《もと》に都市ごと滅《ほろ》ぼさないか心配になるほどに。

「だからねシェス。怒ってくれてありがとう」

「う、うん」

みんな怒っているのに、一人だけ言葉に出ていたのが恥《は》ずかしくなったのか、シェスの顔が赤くなる。

そんななか、

「ボクのせいで……みんなをイヤな気分にさせてごめんにゃさい」

消え入りそうな声でキルファさんが謝《あやま》ってきた。

フードを目深《まぶか》に被っているため、いまどんな顔をしているかはわからない。

でも天真爛漫《てんしんらんまん》なキルファさんにしては珍《めずら》しく、肩を落としてしょんぼりとしている。

「キルファさんのせいじゃないですよ」

「そ、そうよ。アマタのいうとおりよ。あなたのせいじゃないわ。わるいのはぜ〜んぶあの門番なんだから！」

「そうだよキルファお姉ちゃん。キルファお姉ちゃんはわるくないよ」

俺の言葉に、シェスとアイナちゃんが続き、

「主様がこう仰《おっしゃ》っているのです。猫獣人《ねこじゅう》よ、顔を上げ胸を張りなさい」

「あの者と貴様では、貴様の方が遙《はる》かに強かろう。強者が弱者の戯言《たわごと》に振《ふ》り回されてどうする」

なんと、ママゴンさんとセレスさんまで慰《なぐさ》めの言葉をかけたではないか。

けれども――

「それでも……それでもごめんにゃさい」

キルファさんはもう一度謝《あやま》ると、そのまま口をつぐんでしまった。

◇◆◇◆◇

キルファさんが無言になって、早一時間。

釣《つ》られたわけではないけれど、みんなも自然に口数が減ってきてしまった。

俺はこのままではいけないと思い、まずは拠点《きょてん》となる宿屋を探すことに。

他者の目がないところならば、キルファさんも一息つけると思ったからだ。

だがしかし、これが難航した。

門番の対応から予想はしていたけれど、

「おいおい冗談《じょうだん》だろう。獣人は泊《と》められないよ」

「猫獣人がいるのかい？　他所《よそ》を当たっておくれ」

「獣人を泊めたなんて知られると宿の格が落ちちまうよ」

「獣人には裏にある馬小屋を貸してあげるよ。お代はしっかりもらうけれどね。キヒヒ」


これで九連続空振《からぶ》り。

最後の宿屋に至っては、馬小屋とか言い出してきた。

デュアンさんに止められなかったら、危うく打点の高いドロップキックを御見舞《おみまい》するところだったぜ。

宿屋に断られるたびにキルファさんが身を縮こまらせ、ついには、

「ボ、ボクは街の外で野宿するにゃ！」

とか言い出してしまった。それも寝袋《ねぶくろ》を取り出して。

そんなキルファさんをなんとか思《おも》い止まらせつつ、訪《おとず》れた一〇件目の宿屋でのこと。

「困るよ獣人は。他の客が嫌がるからね。どうしても泊まりたいなら、ウチを貸し切ってもらえるかい？」

宿屋の主人は、ニタニタと笑いながらそんなことを言ってきた。

タチの悪いジョークのつもりだったのだろう。

ニタニタ顔にカチンときた俺は、即座《そくざ》にこう返してやった。

「あ、じゃあそれで」

「……え？」

「ですから貸し切りですよ。この宿を貸し切れば泊まってもいいんですよね？」

「……え？」

「お代はいくらですか？　もちろん、前金でお支払いしますよ」

「……え？」

「いやいや、『え？』じゃなくて宿泊手続《しゅくはく》きしてください。それともなんですか、まさかいまさら冗談だった、とか言いませんよね？」

俺は笑《え》みを浮かべ、主人に詰《つ》め寄る。

両隣《りょうどなり》ではセレスさんがニヤリと不敵に笑い、ママゴンさんがくすりと嘲笑《ちょうしょう》を浮かべる。

「おい貴様、早くしろ。それとも嘘《うそ》だったのか？」

「主様に嘘をつけば、その身に災《わざわ》いが降りかかることでしょう」

セレスさんとママゴンさんが、主人に脅《おど》しという名の圧をかけている。

かつて就職活動中に受けた、圧迫《あっぱく》面接なんか比じゃないほどの圧力じゃんね。

「くっくっく。『災い』か。性悪《しょうわる》なドラゴンに喰われるかもしれんな？」

「まさか。粗《そ》野《や》で粗《そ》暴《ぼう》な魔《ま》人《じん》に四《し》肢《し》を千切られるのですよ」

「…………先に貴様を葬《ほうむ》ってやろうか？」

「出来もしないことを口にしない方がいいですよ」

「……」

「……」

「くっくっくっくっく……」

「うふふふふ……」

互《たが》いに見つめ合う、セレスさんとママゴンさん。

怖《こわ》い。ただただ怖い。

だって二人とも笑っているのに、目だけは笑ってないんだもん。

魔人とドラゴン。人外な両者から放たれる、限りなく殺気に近い強烈《きょうれつ》なプレッシャー。

おそらくは本能からくる恐怖《きょうふ》だったのだろう。

とたんに主人が焦《あせ》りだす。

そしてキルファさんは、主人以上に焦りまくっていた。

「ちょ——ちょっと待つにゃシロウ！」

「へ、どうしました？」

「どうしましたって——ダ、ダメ。ダメにゃ。貸し切りなんてお金がかかること、絶対にダメにゃ！」

「えー、どうしてですか？」

「ふにゃ⁉　どうしてって——」

「俺はギルアム王国王妃の御用商人ですし、」

店主にも聞こえるよう、『王妃の御用商人』の部分で声量を強める。

次に視線でシェスを示し、言葉を続けた。

「こっちのシェスは、さる大商会のご令嬢《れいじょう》ですからね」

「え、そうにゃの⁉」

びっくりしたキルファさんが、シェスに確認《かくにん》する。

突然《とつぜん》話を振られたシェスは、すっごい気まずそうな顔で。

「そ、そうよ」

シェスの目は泳ぎまくっているし、隣のアイナちゃんも気まずさからか身を捩《よじ》っているぞ。

「俺はシェスのご両親からも面倒《めんどう》をみるように頼《たの》まれていましてね。ですから防犯上の観点からも、貸し切りぐらいしないと安心して眠《ねむ》ることもできません。ですよねー、デュアンさん？」

ここでイケメンにパスを出す。

イケメンは眩《まぶ》しいばかりの笑顔《えがお》で一度頷《うなず》くと、

「さすがシロウ君だ。君が言い出さなかったら、シェス様の護衛として僕《ぼく》から貸し切りを提案するところだったよ」

懐《ふところ》から重そうな革袋《かわぶくろ》を取り出し、宿の受付カウンターにどんと置いた。

弾《はず》みで、少しだけ開いていた革袋の口から金貨が数枚こぼれ落ちる。

金貨の奏《かな》でるチャリンという音が、とても心地《ここち》良《よ》い。

デュアンさんのことだから、きっとわざと金貨をこぼしたのだろうな。

「主人お聞きの通りだ。支払いはギルアム金貨でよろしいかな？」

「いえ、あのっ、そのっ」

主人がごくりと生唾《なまつば》を飲《の》み込《こ》む。目は金貨に釘付《くぎづ》けだ。

それでも震《ふる》え声で、なんとか絞《しぼ》り出す。

「お客様方は……ギルアム王家の御用商人さまでしたか」

「王妃の、ですけれどね。なんならここでギルアム王妃直筆の証明書を出しましょうか？」

「いえいえいえっ。け、結構です。ただいますぐお部屋をご用意いたします！」

主人がバタバタと駆《か》け出し、従業員にあれこれと指示を出す。

門番に続き主人の反応を見るに、『王妃の御用商人』という立場は、下手な貴族よりも権力《ちから》があるのではなかろうか？

慌《あわ》ただしく駆け回る主人と従業員を見ながら、そんなことを思った。

◇◆◇◆◇

ともあれ、無事に宿もゲットすることができた。

さすがに高級宿ではないけれど、簡素な部屋ながら掃除《そうじ》が行き届いている。

すでに宿泊客《しゅくはくきゃく》がいたため、完全な貸し切りとはならなかったものの、それでも四階と、最上階である五階をフロア丸ごと貸し切ることができた。

九人の大所帯だったけれど、各自個室で泊まれちゃうぐらい部屋に余裕《よゆう》があるぞ。

せっかくなので、見晴らしの良い最上階は女性陣《じょせいじん》に使ってもらうことにした。

真ん中にある一番広い部屋をシェスとアイナちゃんが使い、護衛のルーザさんはその右《みぎ》隣《どなり》の部屋。

左隣《ひだりどなり》がママゴンさんとすあまの母娘部屋で、残った部屋はキルファさんとセレスさんが個室として使用。

俺とデュアンさんの男性コンビは四階だ。

万が一に備え、階段に一番近い部屋をデュアンさんが使い、俺は真ん中の――アイナちゃんたちの真下の部屋を使うことになった。

左右と真下の部屋を仲間内で埋《う》めたから、シェスの安全もこれでバッチリ。

俺も真上の部屋にアイナちゃんとシェスがいるとはいえ、両隣には誰《だれ》もいないので伸《の》び伸びとできるぞ。

各自、休憩《きゅうけい》も兼《か》ねて一度割り当てられた部屋に移動。

一休みしてからみんなで一室に集まり、早めの夕食を取る。

そのままみんなでだらだらとお喋《しゃべ》りし、すあまがウトウトとしはじめたのを合図にお開きに。

明日、日が昇《のぼ》ったら改めて集まることになった。

第六話　二人きりの夜

お開きとはなったものの、現在の時刻は二二時。

異世界《こっち》基準じゃ遅《おそ》い時間だけど、日本《あっち》基準じゃまだまだ夜はこれからな、そんな時間。

「ふぅ。濃《こ》い一日だったな」

部屋のベッドに身を投げ出し、一人呟《つぶや》く。

移動はほぼママゴンさんだったから肉体的な疲《つか》れはないけれど、精神的な疲労《ひろう》がけっこーやばい。

「獣人への風当たりが強い街かぁ。これ、いっそオービル《ここ》を経由しないで直接キルファさんの故郷に行った方がよかったんじゃないかな？」

不法入国になるとはいえ、キルファさんが傷つくよりもずっといい。

ついついそんなことを思ってしまい、口から出てしまったタイミングでのこと。


――コンコン。

部屋の扉《とびら》がノックされた。

「シロウ、ボクだにゃ。……起きてる？」

「キルファさん？　いま開けますね」

部屋の鍵《かぎ》を解除し扉を開けると、

「シロウ……」

しょんぼり顔のキルファさんが立っていた。

貸し切りだからか、羽織っていたフード付きの外套《がいとう》はすでに脱《ぬ》いである。

いつもと変わらぬ冒険者スタイルのキルファさんが、弱々しく微笑《ほほえ》んでいた。

「シロウ、入ってもいいにゃ？」

「もちろんですよ。どーぞ中へ」

「んにゃ」

滑《すべ》り込むようにして部屋に入るキルファさん。

部屋の中を見回し、どこに座《すわ》るか悩んでいたようだったけれど、

「……」

すとんと、さっきまで俺が横になっていたベッドに腰《こし》を降ろした。

まさかベッドに座ると思わなかったので、俺は椅子《いす》をキルファさんの正面に移動し、背もたれを前にして座る。

こんな時間にどうしたんですか？　と訊くよりも早く、

「シロウ、ごめんにゃさい!!」

キルファさんが頭を下げてきた。

「なんですか急に？」

「ボクのせいで、おカネを使わせちゃったにゃ」

「キルファさんのせい？　……ああ、貸し切りのことですか」

「う、うん」

「だったら気にしないでいいですよ」

「気にするにゃ！　いくらシロウがおカネ持ちだからって……貸し切りにゃんてしたら、ボクがエミィと同じになっちゃうにゃ」

「よしてくださいよ。キルファさんとエミーユさんはぜんぜん違《ちが》いますって」

エミーユさんは、誰もが一目でわかるほどのカネの亡者《もうじゃ》だ。

人が支払ったおカネを気にしている時点で、キルファさんはあの亡者とは違う。

「いまは手持ちがなくてムリにゃんだけど……宿の代金はボクが絶対に返すにゃ」

「いや、ホントに気にしないでください。というか言ったじゃないですか。シェスの安全のために最初から貸し切りにするつもりだった、って」

「……ボクが猫獣人だから、みんな気を使って言ってくれたんでしょ？」

「言ってませんし、気も使ってませんよ」

「ホントのホントにシェスのためにゃ？」

「ホントのホントにシェスのためです」

伺うような目で、俺を見つめるキルファさん。

キルファさんの顔を見るに、半信半疑ってところかな。

「本当に貸し切りはシェスのためなんです。というか、ルーザさんやデュアンさんの態度で薄々《うすうす》感づいてるとは思いますが……」

少しだけ迷ったけれど、キルファさんは大切な仲間。

信用どころか信頼《しんらい》している。

「シェスが商会の令嬢というのはウソです。本当は、とある高貴なお方のご息女なんです」

「っ⁉　だからあの騎士《きし》がついてきてるにゃんね！」

合点《がてん》がいったとばかりにキルファさん。

あの騎士、とはデュアンさんのことだ。

キルファさんも、どうしてバシュア伯爵《はくしゃく》の騎士が護衛として同行しているのか不思議に感じていたらしい。

そして騎士が護衛するほどの者となれば、自《おの》ずと答えは導き出される。

「ねーねーシロウ、シェスって……」

そこで一度区切り、キルファさんは周囲をキョロキョロ。

誰もいないことを確認し、それでも声を潜《ひそ》めて。

「……ひょっとしなくても貴族にゃ？」

「その質問には答えられません。俺の口からは言えません」

この回答自体が答えのようなものだけれど、キルファさんもまさかシェスが王女さまだとは思うまい。

「ん、わかったにゃ」

キルファさんがふぅと息を吐《は》く。

ため息とも、安堵《あんど》ともとれるものだった。

「ここの代金はシェスの実家持ちなので、遠慮《えんりょ》なく泊まってください。そして余裕があれば、シェスの事を守ってあげてください。ほら、俺は弱いので」

「もう。ふざけにゃいで」

「あはは。すみません」

「でも……そっかぁー。ボク、ちょっと神経質になってたのかもしれないにゃ」

「仕方ないですよ。今日は……なんて言うか、大変な一日でしたからね」

「……うん」

キルファさんも、やっと落ち着くことができたようだ。

その顔に、やっと笑みが戻《もど》ってきた。

明日は、ドゥラの森に入るために手続きをしないといけない。

それが済み次第《しだい》、ドゥラの森に入りキルファさんの故郷へと向かうのだ。

「そーだ。ねー、シロウ」

「なんです?」

「ボクの故郷――『ヅダの里』に行く前にね、シロウにお願いしたいことが二つあるんだにゃ」

「二つときましたか」

「うん。二つにゃ」

キルファさんはそう言うと、何故《なぜ》かそわそわと。

「まず一つ目にゃ」

キルファさんが、右手の人差し指をピンと立てる。

「ずっと言いたかったんだけどね」

「はい」

「シロウのまわりは、女の子が多すぎるんだにゃ」

「……へ？」

「だから女の子が多いにゃん！　ボク以外の女の子が！」

「それは……まあ、そうかもしれませんけど。それがなにか問題あるんですか？」

「大ありにゃ！　女の子いっぱいでボクのとーちゃんやかーちゃん、なによりババ様に会ったら怒られるんだにゃ！」

「っ⁉　た、確かに」

考えてみれば当然だ。

恋人《こいびと》を連れてきたと思ったら、その相手が女の子を複数人連れてきた。

そんなん、ぶっ殺案件《ころ》じゃんね。

例えばだ。いまから一〇年後。

お年頃《としごろ》になったアイナちゃんが、

『シロウお兄ちゃん、紹介《しょうかい》したい人がいるの』

とか言って、恋人を連れてきたとしよう。

そしてその恋人が、アイナちゃん以外の女の子を何人も連れていたとしたらどうだ？

間違《まちが》いなく、俺はその恋人を全力で殴《なぐ》ってしまう自信がある。

拳《こぶし》を握りしめ、殺すつもりのグーパンを。

「アイナだけなら大丈夫《だいじょうぶ》だったと思うんだにゃ。ほら、ステラにもお願いされたでしょ？

『この子はボクとシロウで面倒をみてるんだにゃー』ってババ様に言えば、むしろボクとシロウの……えっと、だから……あ、あ、愛の証明？　みたいな感じになるにゃーって」

その子の母に託《たく》され、子供の面倒をみている俺とキルファ《カップル》さん。

ある意味、疑似《ぎじ》家族と言えなくもない。

二人の愛の強さを証明するには、もってこいなシチュエーションではなかろうか。

「なるほど。確かに説得力は増しますね」

「で、でしょ？　でもシェスにあの女剣士《けんし》にセレスにママゴンにすあままでいたら、シロウの印象が悪くなっちゃうんだにゃ」

キルファさんってば、さり気なくルーザさんの名前忘れているな。

「そこはイケメンなデュアンさんの取り巻き《グルーピー》、ってことになりませんかね？」

「それはムリなんだにゃ。だってあの女剣士以外、みんなシロウの匂《にお》いが強くついてるんだにゃ。それにすあまはシロウのこと『パパ』って呼ぶでしょ？」

「あー、たしかにすあまは俺《おれ》のことパパって……って、ちょっと待ってください。俺の匂い？　え、俺臭《おれくさ》いですか？　みんなに移るぐらいヤバイ？」

俺は自分の腕《うで》をすんすんと嗅《か》ぎ、ついでに脇《わき》もすんすんと嗅いでみる。

……ちょっと汗《あせ》臭いかな？

香水《こうすい》でも振りかけたほうがいいのだろうか？

それとも一度ばーちゃん家に戻って、お風呂《ふろ》に入ってきたほうがいいか？

反射的に両脇《りょうわき》を閉じる俺を見て、キルファさんがぱたぱたと手を振る。

「違うの違うの。シロウは臭くないよ。どっちかというと、ぽかぽかする太陽みたいに温かくて良い匂いがするにゃ」

なにそれ、俺ってば紫外線《しがいせん》？

「ボクたち猫獣人は鼻が利《き》くんだにゃ。その人の匂いを嗅ぐだけで、誰と仲いいとか、なにを食べたとか、だいたいわかっちゃうんだにゃ」

「つまり、匂いでその人の交友関係を推《お》し量《はか》ることができるわけですか」

「うん、そーにゃの」

キルファさんの説明をまとめると、こんな感じだった。

人生ソロ活動を決め込《こ》んだ孤高《ここう》の存在を除けば、誰しも家族や友人知人の匂いが付着しているそうだ。

そして付着した匂いの強弱で、ある程度の関係性を推し量ることができるらしい。

斯《か》くいうキルファさんも、蒼《あお》い閃光《せんこう》の匂いががっつり付着しているとのこと。

けれども両者の関係を推し量るには、どちらも揃《そろ》っていなければならない。

つまり、互いの匂いが付着している両者が揃ってはじめて、二人の関係を推し量ることができるのだという。

さて、突然ですがここで問題です。

俺の匂いが強めに付着した幅広《はばひろ》い年齢層《ねんれいそう》――幼児から成人――の女性陣を引き連れ、キルファさんの家族に挨拶《あいさつ》しに行ったと仮定します。

その場合、俺はいったいどうなるでしょう?

【答え】ぶっ殺案件。

「だからね、みんなにはこの宿で待っててほしーんだにゃ」

それが一つ目のお願いだとキルファさんは続けた。

俺と二人きりになるために、都市国家オービルで待っていて欲《ほ》しいと。

交易で栄えるオービルならば、観光には事欠かない。

食事だって近隣《きんりん》四国の名物料理が楽しめる。

都市の中心部にはコロシアムがあり、剣闘士《けんとうし》の戦いを観戦することだってできる。

俺がキルファさんの家族に挨拶にいっている間も、退屈《たいくつ》せずに過ごすことができるのだ。

「なるほど。キルファさんの言う通りですね。みんなにはここで待ってもらいましょう」

「明日、ボクからもみんなにお願いしてみるにゃ」

「俺もお願いしますよ」

これで一つ目のお願いはクリア。

「じゃあ、もう一つのお願いを聞かせてください」

そう促《うなが》すと、

「う、うん」

なぜかキルファさんの顔が、段々と赤く染まっていく。

「んと……んとねー」

「はい」

「ちょっと言いにくいんだけどねー」

「はい」

「へ、変にゃ意味じゃにゃいんだけどねー」

真っ赤な顔でそう前置きすると、

「ボ、ボクと一緒《いっしょ》に寝《ね》てほしーんだにゃ！」

とんでもないことを言い出した。

「ね、寝るっ⁉」

動揺《どうよう》から、めっちゃ声が裏返ったじゃんね。

キルファさんは真っ赤な顔で、両手をぎゅっと握り頷く。

「うんっ！」

「……」

いやいやいやいや待ってくれよ。

いくら――いくら婚約者《こんやくしゃ》のフリをするとはいっても俺とキルファさんは友人同士。そりゃ確かに俺は猫耳《ねこみみ》大好きマンだよ？　でもだからといってここで首を縦に振っていいものか？　いやよくない。よくないよな。よくないに決まってる。だって俺とキルファさんは友人関係なのだし。友だちなのだし。酒飲んでガハハと笑い合う仲間なのだし。古来より存在する男女の友情が成り立つのかという問いに対し俺の意見はいつだって「成り立つ」と答えていたのだがいざ自分がその立場になってみてわかることもあるわけで――

思考の大波がざっぱんと脳を飲み込むなか、

「……ん？」

俺はキルファさんとの会話を思い出し、はたと気づく。

次いで、真っ赤な顔をしたキルファさんをまじまじと見つめ、

「キルファさん」

「な、なんにゃっ？」

「あのー、一緒に寝るって、文字通り一緒に寝るってことですよね？　俺の匂いをキルファさんにつけるために？」

「そう！　そーにゃの！」

「ですよねー」

瞬間《しゅんかん》、全身から力が抜《ぬ》け落ちた。

自分でも気づかぬ内に、体が強張《こわば》っていたみたいだ。

「ふぅ～。やべぇカン違いするところだったぜ」

「ふにゃ？　どーしたのシロウ？」

「いいえ、なにも。なんでもありません。俺の思考が変な方向に暴走しただけです。ざっぱん、って」

「ざっぱん？」

「そう。ざっぱん。大きな波が俺の脳をちょっとね」

「にゃん？」

首を傾《かし》げるキルファさんに、俺はあははと力なく笑う。

さっきまでの会話の流れを思い返せば、すぐに気づくべきだった。

猫獣人は、両者の匂いで関係を推し量る。

であるならば、なるたけ匂いをつけあっておくべきだ。

俺の匂いをキルファさんに。

キルファさんの匂いを俺に。

婚約者のフリをするのだから、少しでも疑われないために。

「わかりました。今晩は一緒に寝ましょう」

「わーい。ありがとにゃ」

「ちょっと汗臭いかもしれませんけど、そこは我慢《がまん》してくださいね」

「ぜーんぜん。さっきも言ったでしょ。シロウは良い匂いがするにゃ」

キルファさんはそう言うと、そのままベッドにごろんと寝転《ねころ》がる。

そして両手を広げると、

「シロウ、寝よ」

と言うのだった。

幕間《まくあい》

部屋には窓から月明かりが差し込んでいた。
自分から頼んだにも関わらず、キルファは緊張《きんちょう》して眠ることができなかった。
——ボクはいま、シロウと同じベッドで寝ている。

狭《せま》いベッドだった。
くっつかないとどちらかが落ちてしまいそうなほど、狭いベッドだった。
キルファはシロウと背中合わせで横になり、一枚の毛布に包《くる》まっている。
「……」
くっつき合った背中から伝わる、シロウの温《ぬく》もり。
部屋の明かりを消してから、どれだけ刻《とき》が経《た》ったのだろうか？
キルファは目を閉じ、寝よう寝ようとがんばってはいるけれど、

「……」

寝れなかった。ぜんぜん寝れなかった。

部屋の明かりを消す前の会話を思い出す。

『ボク、緊張して寝れないかもしれないにゃ』

『なら羊を数えるといいですよ』

『羊にゃ？』

『ええ、羊です』

ふざけ半分に言うキルファに、シロウは真面目な顔で返した。

なんでもシロウの故郷に伝わるおまじないの一種で、柵《さく》を飛び越《こ》える羊を思い浮《う》かべ、数えるうちに、いつの間にか眠ってしまうらしい。

シロウは物知りだ。

ネスカとロルフも物知りだけれど、シロウはシロウでボクの知らにゃいことを教えてくれる。

「……」

キルファが数えた羊は、余裕で一〇〇〇匹《ひき》を超《こ》えていた。

けれども、未《いま》だ眠りにつくことができなかった。


——困ったにゃ。こんなに寝れないのははじめてにゃ。


森での野宿はしょっちゅうだし、ダンジョンやごつごつした岩肌《いわはだ》の洞窟《どうくつ》で眠ったことだってある。

どんな場所であろうと眠れるのが、一人前の冒険者《ぼうけんしゃ》というものだ。

なのに。なのに——


——ベッドにゃのに。どーーーして寝れないにゃ？？？


ただ、隣《となり》にシロウがいるだけなのに。

たったそれだけで寝れなくなるにゃんて。

いっそ寝ることを諦《あきら》めようか？

そんなことを考えはじめたキルファは、ふとある事に気づく。

シロウから、寝息《ねいき》が聞こえてこないことに。
――ひょっとしてシロウも寝てないにゃ？

「……」

話しかけてみようかにゃ？
すっごく小さな声なら寝てても起きにゃいよね？
よし。シロウの名を呼ぼう。
キルファは意を決した。
そしてシロウの名を呼ぼうとした、その時――
「……キルファさん、起きてます？」
シロウが話しかけてきた。
囁《ささや》くような、とても小さな声だった。
ボクと同じようにシロウも起きていた。
その事実が、何故かキルファは無性《むしょう》に嬉《うれ》しかった。
「……起きてるにゃ」

「あ、やっぱり起きてましたか」

「うん。なんか変にゃの。どーしても寝れないんだにゃ」

「ですよねー。俺もです」

「シロウも寝れないにゃ？」

「はい。お婿《むこ》さん役にはなりましたけれど、まさかキルファさんと同じベッドで寝ることになるなんて思ってもみなかったので。まあ、なんて言うか……緊張してるんだと思います」

「……そっか。シロウは緊張してるんだ」

「はい。それもガッチガチに」

「ガッチガチって……ぷふっ」

シロウのふざけた物言いに、キルファはおかしくてたまらなくなった。

キルファは体を半回転させ、シロウの方を向く。

「ボクも。ボクもね、緊張して寝れないんだにゃ」

「野宿でも寝れるキルファさんが、ベッドで寝れないなんて笑い話ですよね」

シロウもこちらを向いた。

夜空のような黒い瞳《ひとみ》が、自分を見つめている。

シロウとこんなにも近くで見つめ合うのは、はじめてのことだった。

「ボクが寝れなかったこと、みんなには内緒《ないしょ》にしてね。特にライヤーには絶対に秘密にゃ」

「誰にも言いませんよ。てゆか、同じベッドで寝たことは誰にも言いません。だって、」

シロウはため息交じりに。

「エミーユさんが知ったら、絶対めんどくさいことになりますからね」

「……絶対なるにゃ」

「でしょ？」

「うん。エミィが知ったらボク殺されるにゃ」

キルファが首を絞《し》められる真似《まね》をし、シロウが吹《ふ》き出す。

悪友の顔を思《おも》い浮かべ、二人はベッドの上で笑い合った。

緊張なんて、気づけばどこかへ消えていた。

「どーせ寝れないなら、眠くなるまで話でもしませんか？」

「いいよ。なんの話をするにゃ？」

「せっかくですし、ゲームっぽくしましょうか。順番に質問をして、それに答えていくんです。もちろん、答えたくない質問はパスして構いません」

「楽しそうにゃ。ボクから質問していーい？」

「いいですよ」

「じゃー、いくよ？」

「どんとこいです」

なにを質問するか悩《なや》む。

あれを訊《き》こうかな？

それともこっちを訊こうかな？

キルファはあれこれと悩んだ後、時間はたっぷりあるのだと思い出す。

「シロウはどーして獣人のことが好きにゃの？」

獣人を毛嫌《けぎら》いしない只人族《ヒューム》も確かにいる。冒険者なんかは特に多い。

でも獣人に好意的な只人族の商人はあまり多くはないのだ。

「んー、そうですねー」

シロウは目を閉じ、考《かんが》え込む素振《そぶ》りを見せる。

「ここだけの話、俺の故郷では獣人がいないんですよ」

「ええ!? いないにゃ？　一人も？」

「はい。獣人の存在を知識として知ってはいるのですが、身近な存在ではなくて。だからでしょうね。俺にとって獣人とは近くて遠い——ある意味、憧《あこが》れにも似た存在なんです」

再び目を開けたシロウが、キルファを見つめる。

「だから俺、キルファさんと出逢《であ》えてすっごく嬉しかったんですよ」

「っ……」

不意打ちだった。


——どうしよう。シロウの顔が見れないにゃ。


でも、ここで目を逸《そ》らしたらいけない。

キルファは己《おのれ》を叱咤《しった》激励《げきれい》し、顔を逸らしたくなる衝動《しょうどう》をなんとか堪《こら》える。

「ボクも……ボクもね、シロウと知り合えて嬉しかったよ」

なんとか返すことができた。

でもにゃんでだろう？

顔が熱いにゃ。なんかポカポカするにゃ。

「つ、次はシロウの番だにゃ」

なんだか無性に恥《は》ずかしくなって、シロウにお題を出すよう促す。

「わかりました。じゃー、蒼い閃光を結成した時のことを教えてくれませんか？」

「あれ？　シロウに話してにゃかったっけ？」

「実はまだなんですよ。ほら、冒険者って過去を詮索《せんさく》しちゃダメって暗黙《あんもく》のルールみたいなのがあるじゃないですか？」

「あるにゃあ」

「ですよね。だからずっと聞きそびれてたんですよ」

「そっか。じゃあ教えてあげるにゃ」

「お願いします！」

「七年前、ボクは里を飛び出したんだけどね、」

「え？　飛び出したんですか？　家出？」

「ちがうちがう。ババ様の許しはちゃんともらったよ？　でも当時のボクは、いつ『里に戻れ』って言われるかビクビクしてたんだにゃ」

キルファは話した。

里での退屈な日々に飽《あ》き飽きしていたこと。

都市国家オービルで冒険者になり、里から距離《きより》を取るためジェスタク神聖国に向かったこと。

道中で餓死《がし》しかけていたところをネスカに拾われ、共に旅するようになったこと。

辿《たど》り着いたギルアム王国でライヤーとロルフの二人に出会い、『蒼い閃光』を結成したこと。

シロウは聞き入っていた。

瞳を輝《かがや》かせ、キルファたちの――蒼い閃光の話に聞き入っていた。

まるで、英雄譚《えいゆうたん》に憧れる少年のような瞳だった。

「――そしてボクたちはニノリッチを拠点《きょてん》にすることになったんだにゃ」

「へぇえ。冒険者パーティに歴史あり、って感じですね」

「シロウは大げさにゃ。どこにでもある冒険者パーティの話だよ？」

「なに言ってんですか。ニノリッチが誇《ほこ》る『蒼い閃光』の結成秘話ですよ？　子供たちを集めて語って聞かせるレベルですよ」

「そうかにゃー？」

「そうですよ。こんど紙芝居《かみしばい》にしましょう」

キルファは『カミシバイ』が何か分からなかったけれど、シロウのやることだ。

きっと面白《おもしろ》いものに違いない。

二人の会話は続く。

「シロウの好きな動物を教えてにゃ」

「選びきれないのでパスで。キルファさんは？」

「んー、牛かにゃあ」

「まさかの牛」

「だって美味《おい》しいにゃ」

「あ、そっちですか」

二人で笑い合い、ふざけ合い、夜は続いていく。


「次は俺の番ですね。そうだな…………よっし。キルファさんの一番好きな場所を教えてください」

「ボクの一番好きな場所？」

「そうです。想《おも》い出の場所であったり、心が落ち着く場所であったり、そゆお気に入りの場所ってやつです」

「ボクのお気に入り……」

そんな場所、自分にあったかな？

いまはニノリッチを拠点にしているとはいえ、冒険者は元来根無し草。

旅に旅を重ねてニノリッチに辿り着いたのだ。

ギルドの酒場？

ニノリッチに新しくできた公衆浴場？

拠点にしてる宿屋もそれなりに気に入っている。

でも、お気に入りと言えるほどではない。

「ちなみに俺はばーちゃんの家です。ばーちゃんをはじめ、家族との想い出がめちゃんこ詰《つ》まってますし、ばーちゃんの家に帰ると心から安らげるからですね」

シロウの言葉が切っ掛《か》けだった。

キルファの脳裏《のうり》に、いつか見た光景が甦《よみがえ》る。

「ある……ボクにもあるにゃ！」

「お、どんな場所ですか？」

「光虫《コウチユウ》！　光虫がいっぱい飛んでる泉があるの！」

里の近くにある、泉のほとり。

そこは発光虫《はっこうちゅう》の生息域で、夜になると虫たちが光を放ちはじめるのだ。

真《ま》っ暗闇《くらやみ》のなか、光虫の群れが輝きながら宙を舞《ま》う。

泉もその光を水面に映し、その光景はまるで夜空に浮かぶ星々が目の前にあるかのようだった。

幼いキルファはこっぴどく叱《しか》られたとき。

あるいはとても哀《かな》しいことがあったとき。

大切な誰《だれ》かが亡《な》くなってしまったとき。

必ず泉へ行き、発光虫の幻想的《げんそうてき》な輝きを眺《なが》め続けていた。

傷ついた魂《たましい》が癒《いや》されるまで、眺め続けていたのだ。


——どうしてボク忘れてたんだろ。


「キルファさんの故郷には、そんな場所があるんですね」

「うん。里では『光舞う泉』って呼ばれているんだにゃ」

「へええ」

目を閉じると、瞼《まぶた》の裏にあの幻想的な光景が甦る。

「とってもキレイでね……時間が経つのを忘れて朝になっちゃったこともあるんだにゃ」

「それでまたお婆《ばあ》さんに怒《おこ》られるんですね？」

「にししっ。そーにゃの」

「キルファさんらしいですね。でもそうかー。たくさんの光虫かー。俺も見てみたいなー」

「行きたいにゃ？」

「超行《ちょうい》きたいです」

「わかったにゃ。ボクがシロウをその場所に連れてってあげるにゃ」

「やったー。約束ですよ。俺を絶対に『光舞う泉』に連れて行ってくださいね」

「うん！　約束にゃ」

キルファはシロウと約束を交《か》わした。

絶対にシロウを連れて行く。

だって、ボクも行きたくなっちゃったから。

あの——想い出の泉へ。

「——さん。キルファさん」

「にゃ？」

「次はキルファさんの番ですよ。それとも眠《ねむ》くなってきました？」

「う、ううん。じゃー、質問するよ？」

「バッチこいです」

二人きりの夜は続く。

「次は変なこと訊いちゃうにゃ。シロウはどーして————……」

「よっし。俺の番ですね。そうだな――……」

シロウと話し続けるなかで、いつしかキルファは眠りについていた。

第七話　猫獣人《ケットシー》の里へ。

「シロウお兄ちゃんおはよ……あれ？　シロウお兄ちゃん、目の下にクマさんできてるよ」

「あはは。おはようアイナちゃん。昨夜はちょっと……というか、だいぶ寝付《ねつ》けなくてね」

キルファさんが部屋を訪ねてきた翌日。

俺たちは最上階の、アイナちゃんとシェスの部屋に集まっていた。

ちなみに一番最後にやってきたのが俺だ。

目の下に濃《こ》いクマをつくり、あくびを噛《か》み殺しつつ部屋へと入る。

ちらりと見れば、

「シロウはお寝坊《ねぼう》さんなんだにゃ」

先に来ていたキルファさんが、俺に笑顔《えがお》を向けていた。

昨夜は大変だった。本当に大変だった。

婚約者のフリをする過程で、匂いをつけ合うため一緒のベッドで寝ることになった俺とキルファさん。

お互《たが》い眠れなかったときは笑ったけれど、延々と話し続けていくうちに、いつの間にかキルファさんは寝息を立てていた。

それも抱《だ》き枕《まくら》よろしく、全身で俺を抱きしめながらスヤスヤと。

一方で抱きしめられた形になる俺は、ぜんぜん眠ることができなかった。

猫耳が目の前に。

ふわふわの尻尾《しっぽ》がすぐそこに。

でも、本人の許可なく触《さわ》るわけにはいかないじゃんね。

そもそも全身を抱きしめられ、ろくに身じろぎすらできない状態だ。

そんな葛藤《かっとう》を一晩中――それこそ朝方まで抱《かか》え続けた結果、

「遅《おそ》いぞアマタ！　お嬢《じょう》さまを待たせるとは何事だ！」

ルーザさんに叱られてしまった。

まさかこの歳で、寝坊が原因で叱られることになるとはね。

俺、いつ意識を失ったんだろ？

窓の外が明るくなってきたところまでは、憶《おぼ》えているんだけどなー。

俺は眠い目をこすりつつ遅《おく》れてきたことを謝《あやま》り、朝食の準備に取り掛かる。

と言っても、空間収納《くうかんしゅうのう》から日本《あっち》で購入《こうにゅう》したご飯を出すだけだけれど。

コンビニのお弁当や総菜から、フードデリバリーで注文したファストフードに有名店のテイクアウトまで。

これまた空間収納から取り出したテーブルに並べていく。

なんせ、セレスさんとママゴンさんとすあまの三人はめちゃんこ食べるのだ。

いくら準備しておいても足りないぐらいに。

テーブルの上が料理で溢《あふ》れたタイミングで、いざ朝食に。

シェスとルーザさんとデュアンさんは己が信仰《しんこう》する神に祈《いの》りを捧《ささ》げ、ママゴンさんは俺に祈りを捧げ、俺はアイナちゃんと一緒に合掌《がっしょう》し、日本式のいただきます。

わいわいと楽しい食卓《しょくたく》を囲みながら、本日の予定を伝える。

——キルファさんと二人で、猫獣人の里に向かう。

そう伝えると、みんな「え？」みたいな顔をした。

けれども昨夜キルファさんから聞いた事情——婚約者なのに女性をたくさん引き連れては印象が悪い——を説明すると、なんとか納得《なっとく》してくれた。

まあ、獣人種の生活を知りたがっていたシェスは、最後まで同行したがっていたけれど

ね。

「アイナちゃん、俺《おれ》から誘《さそ》ったのに一緒に行けなくてごめんね」

「ううん。アイナはへーきだよ。シェスちゃんとここでまってるね」

いまのアイナちゃんからは、寂《さび》しさを微塵《みじん》も感じない。

それどころか楽しそうですらある。

親友のシェスと一緒だからだろう。

「アマタ、もどってきたら獣人がどんなセイカツをしているかおしえるのよ」

「おっけー。写真と動画を撮《と》ってくるよ」

夢にまで見た、猫耳だらけの約束の地《プロミスランド》へ行くのだ。

空間収納にはミラーレスカメラを準備済み。

猫獣人の里に到着《とうちゃく》した暁《あかつき》には、メモリがパンパンになるぐらい写真と動画を撮りたい所存。

「ドーガ?」

「シェスちゃん、ドーガはね、うごく絵のことだよ」

「……絵がうごくの?」

「うん」

「……まさかノロイ《呪い》の絵？」

動画を知らないシェスは、アイナちゃんの説明に首を傾げるばかり。

戻《もど》ってきたら猫獣人の動画をシェスに見せて、めちゃんこ驚《おどろ》かせよっと。

朝食を食べ終え、キルファさんも荷造りを終えたので、

「そんじゃ、キルファさんの故郷に行ってきますね」

改めて出発の挨拶を。

「シロウ、貴様の影《かげ》に私の使《つか》い魔《ま》を潜《ひそ》ませておく。モンスターに襲《おそ》われたときは使うといい」

「ありがとうございます、セレスさん」

「使い魔など信用できません。主様、なにかあればこの笛をお吹きください。すぐに駆《か》けつけます」

ママゴンさんはそう言うと、オカリナのような形をした笛を俺に渡《わた》した。

以前、ママゴンさんがステラさんに渡していた笛と同じものだ。

この笛はどんなに離《はな》れていてもママゴンさんの耳に届くそうで、すぐに飛んで来てくれるとのこと。

いつでもドラゴンを呼べるなんて、ある意味チートアイテムと呼べるだろう。

「ママゴンさんもありがとうございます」

お礼を言い、真っ白で美術品のように美しい笛を空間収納へしまう。

「ほう。私の使い魔が使えぬだと？」

「あら、逆に訊きましょう。貴女如き《あなたごと》の使い魔がなんの役に立つと？」

「フンッ。貴様の魔笛《まてき》こそなんの役に立つ。笛を吹く間がなければ？　貴様が駆けつけるまで誰がシロウを守護する？」

「主様にお渡しした魔笛は、万が一に備えてのものです。そもそも口だけの従属関係な貴女《あなた》と違《ちが》い、主様と私は魂に繋《つな》がりがあるのです。主様の危機の際には、私の魂が反応することでしょう。そして私が真の力で飛べば、瞬《まばた》きの間に主様の下へ駆けつけてみせましょう」

またセレスさんとママゴンさんによる、小競《こぜ》り合いがはじまってしまった。

魂の繋がり云々《うんぬん》のくだりは気になるけれど、マウントの取り合いはいつものことなのでスルー。

お次はイケメンさん。

「シロウ君、道中気をつけてくれよ。とはいえ優秀《ゆうしゅう》な斥候《せっこう》であるキルファ嬢が一緒《いっしょ》だから、僕《ぼく》は心配していないけれどね」

微笑《ほほえ》むイケメンの歯がキラリと光る。

自分に向けられたわけでもないのに、ルーザさんが顔を赤くしていた。

「アマタ、それとキルファ。デュアンのいうとーりきをつけるのよ」

「俺はキルファさんの側にいるから大丈夫《だいじょうぶ》だよ」

「うん。ボクがシロウを守ってあげるにゃ」

シェスの言葉を受け、キルファさんがどんと胸を叩《たた》く。

猫獣人の里は、ドゥラの森を進んだ先にあるそうだ。

森にはモンスターもいるが、キルファさん一人でも問題なく対処できるとのこと。

ニノリッチの東に広がるジギィナの森に比べれば、ずっと安全な森らしい。

「シロウお兄ちゃん、キルファお姉ちゃん、いってらっしゃい」

「いってくるね」

「いってくるにゃ」

「すあまも、いってくるね」

「あぃ。ぱぅぱ、ばいばーい」

アイナちゃんに挨拶《あいさつ》を返し、最後にすあまの頭を撫《な》でて宿を後にする。

そのまま役場に寄り、ドゥラの森に入る許可証をおカネの力でゲット。

オービルから一時間ほど歩いたところで、森が見えてきた。

この森に猫獣人の里が――俺にとっての約束の地がある。

俺は逸《はや》る気持ちを抑《おさ》え、キルファさんとともにドゥラの森へと入るのだった。

◇◆◇◆◇

「シロウ、あとちょっとだからがんばるにゃ」

「オッス」

森に入り、辛《かろ》うじて存在する獣道《けものみち》を進むこと六時間。

キルファさんが言うには、俺の足でも日が沈《しず》む前には到着できるだろう、とのこと。

腕時計《うでどけい》を確認《かくにん》。現在の時刻は一五時。

いまの時期は一八時頃《ごろ》に日が沈むから、あと三時間は歩くことになるな。

「……がんばれ俺。負けるな俺。力の限り進むんだ」

正直に言うと、体力の限界はとっくに来ている。

昨日はほとんど寝《ね》ていないしね。

それでも俺の足が進むことを止《や》めないのは、この先に猫獣人の里があるからだ。

「大丈夫にゃシロウ？　疲《つか》れてない？」

「疲れてますしんどいですけれど、未だ心は折れてませんよ」

俺はニヤリと笑いサムズアップ。

けれどもキルファさんは、

「ちょっと休憩《きゅうけい》するにゃ？　一泊《ぱく》ぐらい野宿してもいいんだよ？」

休憩を提案してきた。

おそらく、生まれたての子鹿のように震《ふる》える俺の足を見てしまったからだろう。

「一泊したらそれだけ里に着くのが遅れてしまいます。そんな時間があるのなら、俺は一歩でも先に進みたいです」

「ん、わかったにゃ。でも辛くなったら言ってね？」

「はい」

幸いなことに、モンスターと遭遇《そうぐう》することはほとんどなかった。

ときおりプルプルしたスライムがいるぐらいで、ホーン・ラビットやフォレスト・ブルといった、遭遇率の高いモンスターを見かけることすらなかったのだ。

これにはこの森育ちのキルファさんも、

「こんなにモンスターがいないにゃんて、おっかしーにゃー」

と首を傾《かし》げていた。

まあ、体力の限界を迎《むか》えている俺には僥倖《ぎょうこう》以外の何物でもなかったけれどね。

◇◆◇◆◇

「シロウ、着いたにゃ！　あそこがボクの故郷だにゃ！」

キルファさんが指し示した先。

そこには樹木の上部に、半球状の家が建ち並んでいた。

「おおっ。ツリーハウスだ！」

「つりーはうす？」

「樹木をベースとして作った家のことを、俺の故郷では『ツリーハウス』と呼ぶんですよ。

いやー、でもツリーハウスかー。そーきたかー」

まだ距離があるけれど、ここからでも無数のツリーハウスが見てとれる。

その光景は正にファンタジー。

猫耳《ねこみみ》抜《ぬ》きにしても、俺の心の中にいるキッズな部分がワクワクするじゃんね。

「キルファさん、行きましょう！　いまなら走ってもいいですよ！」

「シロウ、ちょっと待ってにゃ」

「はい？」

気が逸る俺に、キルファさんが待ったをかける。

「シロウはボクのお婿さん。い～い？」

「オッケーです。俺はキルファさんのお婿さん。誰がなんと言おうがお婿さん」

「うん。だからボクのことは、『キルファ』って呼んで欲《ほ》しいんだにゃ」

「呼び捨てに……？　いや、でもそうか」

二人の親密度を周囲にアピールするには、呼び捨てのほうがソレっぽいじゃんね。

「そーにゃの。こ、恋人《こいびと》どーしなのに『さん』付けで呼ぶのはおかしいでしょ？　だから
ボクのことはキルファって、呼び捨てにして欲しいにゃ」

「……わかりました」

「じゃあ練習にゃ。ボクのこと呼んでみて？」

キルファさんがさあ来いとばかりに手招き。

「い、いきますよ？」

「うん」

「………………キ、キルファ」

「はーい」

俺の呼びかけに応えたキルファさんが、ハイと手を上げる。

「もう一度呼んでにゃ」

「キルファ」

「にししっ。里でもボクのことはそー呼んでね？」

「がんばります」

キルファ、キルファ、キルファ、キルファ――……。

脳内で何度もキルファさんを呼び捨てにする。

慣れない。ぜんぜん慣れない。でも慣れなくてはいけない。

「俺とキルファさん――キルファは恋人同士。将来を誓《ちか》い合う婚約者《こんやくしゃ》。だから呼び捨てにする。ＯＫ？」

目を閉じ、呪文《じゅもん》のようにブツブツと己に言い聞かせる。

三〇秒ほど自己暗示をかけたあと、閉じていた目を開けキルファさんを見つめる。

そして――

「キルファ、行きましょう！」

「――っ。うん！」

キルファさんの手を取り、猫獣人の里へと歩き出す。
手を繋ぐ俺とキルファさんは、誰が見ても恋人同士にしか見えないだろう。
そう願いながら、俺は猫獣人の里に足を踏《ふ》み入れるのだった。

第八話　ヅダの里

手を繋ぎ、猫獣人の里――ヅダの里に到着した俺とキルファさん。

「おおっ!!」

当たり前だけれど、里には猫獣人しかいなかった。

あっちを見ても、こっちを見ても猫耳《ねこみみ》だらけ。

「やった……やったぞ……」

――ついに約束の地《プロミスランド》へと辿り着いたのだ。

瞬間《しゅんかん》、大地に膝《ひざ》をつき両手を天へと突《つ》き上げる。

「よっしゃーーーっ!!」

魂からの咆吼《ほうこう》だった。

弾《はず》みで隣《となり》のキルファさんがビクリとする。

そして驚いたのは、キルファさんだけではなかった。

輪になって遊んでいた子供たちが蜘蛛《くも》の子を散らすようにして逃《に》げ出し、母親の背に隠《かく》れる。

我《わ》が子を背に隠した母親たちからは、あからさまに怪《あや》しむ視線が向けられた。

どーも。よそ者です。

「……只人族《ヒューム》？　なぜ只人族が里にいる？」

「行商などもう何年も来ていないのに……」

「まさか口減らしを期待しているのか？　なんて卑劣《ひれつ》な」

「待て。連れに同族がいるぞ」

猫獣人たちは、こちらを見てヒソヒソと。

「シロウ、みんなを驚かせちゃダメにゃ」

「す、すみません……」

嬉《うれ》しさのあまり叫《さけ》んでしまったせいで、スタートから怪しまれてしまった。

さて、どうやって里の方々の警戒《けいかい》を解こうかな？

とか考えていると、

「……キルファ？」

遠巻きに見ていた子連れ女性が、キルファさんの名を呼んだ。

歳はキルファさんと同じぐらいかな？

茶色のネコ耳と尻尾がとても素晴《すば》らしい。

「ふにゃ？　……ミャーム？」

「やっぱりキルファだ！　やっと帰ってきたのね！」

「にゃっは～っ。久しぶりにゃー!!」

キルファさんが駆け出し、同世代の女性とひしと抱き合う。

二人の雰囲気《ふんいき》から察するに幼馴染《おさななじみ》とかかな？

そしてこの抱擁《ほうよう》がきっかけとなった。

「キルファだって？」

「おおっ！　本当にキルファだ。キルファが帰ってきたぞー！」

「いまキルファと聞こえたぞ!?」

「うわぁっ!!　キルファ姉ちゃんだ!!」

続々と猫獣人たちが集まってきた。

キルファさんを囲み、七年ぶりの再会を喜んでいる。

「みんなに久しぶりなんだにゃ！」

どんなに離れていてもスマホ一つで連絡《れんらく》を取り合える日本と違い、異世界《こちら》での七年という歳月《さいげつ》は、俺には想像もできないほど長い時間なのだろう。

キルファさんの目に、うっすらと涙《なみだ》が浮《う》かんでいた。

そして里の皆《みな》も、同じように涙を浮かべている人が多かった。

「よく帰ってきたなキルファ。さあ、里長《さとおさ》に会いにいこう」

「里長はずっとキルファを待っていたのよ」

感動の再会も一段落。

何人かが、里長――キルファさんのお婆さん――に会うよう促《うなが》してきた。

次いで、

「里に戻ってきたということは、キルファに相応しい婿殿が見つかったのだろう?」

「どこにいるんだ、その勇ましい婿殿は?」

「いずれヅダの里を背負うのよ。紹介《しょうかい》してちょうだい」

「キルファ姉ちゃんの婿《むこ》だもんな。きっとすっげー強いんだろーなぁ」

と、ウキウキ顔でキルファさんに訊《き》いているではないか。

里の皆から問われた瞬間、

「え、えっとね」

キルファさんが、思い切り気まずそうな顔をした。

しかし里の皆はキルファさんの変化に気づかず、期待に満ちた目で周囲をきょろきょろと。

里の皆の視線が俺を通り過ぎ、二周目を迎え三周目に突入《とつにゅう》したあたりでやっと俺に気づく。

「あ、ども」

「「「……」」」

俺を見た全員が、「ウソだよな」みたいな顔をしていた。

三度見まではされたことがあるけれど、さすがに五度見ははじめての経験じゃんね。

何人かが「勇ましい」とか、「すっげー強い」みたいなことを口にしていた。

キルファさんの連れてきた相手――婚約者が、バキバキの戦士系であることを疑いすらしていない口調で。

なのにいざ現れてみたら、その相手がまさかのもやし。

それもこちらの世界基準では、想像を絶するほどのもやしだ。

「「「……」」」

そりゃ誰も彼《かれ》もが言葉を失ってしまうよね。

感動の再会時にあった熱気と興奮はどこへやら。

お通夜《つや》みたいな空気になってしまったぞ。

「キルファ、まさかとは思うがあそこにいる只人族は……？」

猫獣人のおじさんが、「いや、さすがにそれはないよね。でも一応訊いておかないと」的な雰囲気を出しながら、キルファさんに確認。

キルファさんは俺の隣に戻ってくると、するりと腕《うで》を絡《から》ませて。

「うん。このシロウがボクのお婿さんなんだにゃ」

「はじめまして。尼田士郎《あまたしろう》といいます」

「「「っ……」」」

名乗った瞬間、この場に集まった猫獣人のほぼ全員が膝から崩《くず》れ落ちていった。

それを見て、俺はただ一言。

「なんで？」

と言うことしかできなかった。

◇◆◇◆◇

——里長に会いに行け。


瞳《ひとみ》が絶望で染まった猫獣人のおじさんが、絞《しぼ》り出すかのような声で言う。

その言葉に従い、キルファさんと俺は里長の家を目指していた。

まあ、当初の目的がキルファさんの家族との再会だったわけだけど。

里長の家は里の中心部にあるそうだ。

太い樹木をぐるりと囲むようにして造られた螺旋《らせん》階段を上へ。

木々の間を繋ぐ吊り橋《つばし》を渡り、里の中心へと向かう。

男性陣《だんせいじん》は狩《か》りにでも出ているのか、すれ違うのはほとんどが女性だった。

「……シロウ、ごめんにゃさい」

隣を歩くキルファさんが、しょんぼり声で謝ってきた。

「シロウのことだから、もう気づいてるよね？　里のみんなが……シロウのことを良く思ってにゃいって」

「まあ、なんとなくは」

光の速さで俺の噂《うわさ》が広まったのか、道中ですれ違う猫獣人たちの視線が痛いこと痛いこと。

俺を見て呆然《ぼうぜん》としたり憤《いきどお》るのはいい方で、中には俺を見た瞬間泣き出す者までいた。

この里において、俺が歓迎《かんげい》されていないのは明らかだった。

ここまで露骨《ろこつ》だと、さすがの俺も察することができるというものだ。

「七年前、里を出るときにね。ボクみんなに約束しちゃったんだにゃ」

キルファさんは当時のことを思い出したのか、恥《は》じるような顔をすると、

「すっごく強いお婿さんを見つけてくる、って」

ため息交じりに告白した。

「はいはいはい。それで体の細い俺を見て、みんなショックを受けていたわけですね」

「ごめんにゃさい……」

「謝らなくていいですよ。だってキルファさんのお婿さんですからね。そりゃ強い人を期待していたんでしょう。なのに現れたのが俺でしょ？　ならガッカリするのも仕方がないですよ」

こちらの世界では、単純な戦闘力《せんとうりょく》が男性の持つ魅力《みりょく》の一つでもある。

筋肉は全てを解決する、というわけではないけれど、命が軽いこちらの世界では、純粋《じゅんすい》に『強い』というだけで将来を託《たく》すに足る十分な理由となるのだ。

猫獣人の里は、こちらの世界基準でも文化的な生活を送っているようには見えなかった。

身につけている衣服も、毛皮を加工した民族衣装《いしよう》的なものが主流で、只人族の街でみかけるようなウールやリネン生地《きじ》の服を着ている人はいなかった。

となれば男性に――伴侶《はんりよ》へ求める価値基準が狩猟《しゆりよう》能力なり、戦闘力なりであることは想像に難《かた》くない。

そのどちらも持ち合わせていない俺を見て、里の皆はさぞがっかりしたことだろう。

でも、だとすればだ。

――どうしてキルファさんは、俺なんかを婿役に指名したのだろうか？

妖精の祝福《ギルド》には、もっとゴリゴリのマッチョだっていたのに。

キルファさんのことだから、きっとなにか理由があるのだろうな。

「それでね、ババ様に会う前に伝えておきたいことがあるにゃ」

「なんでしょう？」

キルファさんは言いづらそうに、困ったように、

「きっとババ様はシロウのことをボクのお婿さんだって認めてくれにゃいと思う――ううん。絶対に認めてくれないにゃ」

「えらく断言しますね」

「だってババ様は頑固《がんこ》にゃんだもん」

脳裏《のうり》に、いつかのパティのお祖父《じい》さん――妖精族《フェアリー》の族長のことが思《おも》い浮かぶ。

パティの話では、あの族長もかなりの頑固者《がんこもの》だったらしい。

里を――一族をまとめ上げるには、頑固者であることが必須《ひっす》条件なのかも。

「だからね、ババ様になにを言われても、シロウにはボクのお婿さんのフリを続けて欲しいんだにゃ」

「大丈夫ですよ。最初からそのつもりでしたし、何より乗りかかった船ですからね。ヅダの里どころか、ニノリッチに戻るまでは完璧《かんぺき》に演じきってみせますよ」

俺はそこで一度区切ると、

「キルファさんの婚約者をね」

片目を閉じ、ちょっとだけかっこつける。

「……シロウ、ありがとにゃ」

キルファさんは泣き出しそうな顔で、少しだけ微笑むのだった。

第九話　望まぬ再会

キルファさんのお婆《ばあ》さん――里長に会う前の最終確認を終え、吊り橋を渡り歩くこと一〇分ばかり。

「シロウ、あそこがババ様の家にゃ」

キルファさんが前方を指さした。

指し示された先には大木があり、その樹上にはひときわ大きなツリーハウスの姿が。

地面から三〇メートルはあるだろうか？

マンションなら一〇階にあたる高さだ。

「ここにキルファのお婆さんが？」

「うん。ババ様だけじゃなくて、とーちゃんにかーちゃん、それにボクの弟妹《ていまい》もいるにゃ」

「なるほど。ご家族のみなさんが住んでるんですね」

俺は服の汚《よご》れを払《はら》い、髪《かみ》に手櫛《てぐし》を入れ、軽く身だしなみを整える。

空間収納《くうかんしゅうのう》から、ネスカさん一推《いちお》しのチョコレート菓子《かし》を取り出すことも忘れない。

これで準備はＯＫ。
俺はキルファさんに軽く頷《うなず》いてみせる。
キルファさんも頷き返すと、
「ババ様、キルファにゃ。帰ってきたにゃーっ！」
七年ぶりの帰宅を告げる。
返事はすぐにあった。
「……入れ」
低い女性の声だった。
声音《こわね》に怒気《どき》が含《ふく》まれているように感じたのは、俺だけだろうか？
少なくとも、七年ぶりに会う孫へ向ける声音ではない。
「シロウ、ついてきてにゃ」
まずキルファさんが扉《とびら》を開け中へと入る。俺も後に続き、ツリーハウスの中へ。
ツリーハウスの中は予想よりも広かった。
まず入るとすぐに三〇畳《じょう》ほどの広間があり、奥《おく》には上階と階下を繋ぐハシゴが見える。
外からじゃ分からなかったけれど、少なくとも三階建て以上の造りではあるようだ。
でもいまは、部屋の中央に座《すわ》るお三方に集中しよう。

「……」

まずはあぐらを組み、こちらを見据《みす》える年配の女性。

髪色《かみいろ》と尻尾はキルファさんと同じ色。

着ている民族衣装は白い毛皮をベースとしていて、気品と威厳《いげん》を感じさせる。

そして年配の女性の背後には、一組の男女が控《ひか》えていた。

おそらく、背後に控えているのはキルファさんの両親だろう。

顔立ちが似ているからすぐにわかった。

こちらは年配の女性とは違い、キルファさんを見つめる瞳が潤《うる》んでいた。

アイナちゃんを見つめる、ステラさんの眼差《まなざ》しとそっくりだった。

「ババ様、ただいま戻りましたにゃ」

キルファさんが年配の女性にぺこりと頭を下げる。

やっぱりキルファさんのお婆さんだったか。

事前に聞いていた話によると、まだ六〇歳になっていないそうだ。

けれども里長故《ゆえ》に悩《なや》み事《ごと》が多いのか、眉間《みけん》に刻まれた深い皺《しわ》が実年齢《じつねんれい》よりも上に見せていた。

「……」

無言でこちらを見つめるお婆さん――里長。

これに不安になったのがキルファさんだ。

「……ババ様？」

けれども、帰郷した孫娘《まごむすめ》の挨拶には答えず、

「……座れ」

と短く言うだけ。

有無《うむ》を言わせぬこの口調。

いかにも里長って感じがするじゃんね。

「……っ。はいにゃ」

キルファさんが頷き、里長の正面にぺたりと座った。

俺もそれに倣《なら》い、キルファさんの隣に正座する。

「……」

里長が、こちらを無言で見つめている。

対してキルファさんは、バツが悪そうに俯《うつむ》くだけ。

身を縮こまらせ、これから訪《おとず》れる嵐《あらし》に備えているかのようだ。

とてもじゃないけれど、七年ぶりに再会した祖母と孫の雰囲気ではない。

もっと和気あいあいとしたものを想像してたのに……これじゃ真逆じゃんね。

重苦しい空気が立ち込《こ》める中、里長が口を開く。

「キルファよ、お前に便りを出してからまだ二月《ふたつき》と経《た》っておらぬが、ずいぶんと早かったな」

「そ、それはねババ様、ボクの――」

「いい。何故《なぜ》早く着いたかなどどうでもいい。それよりやっと帰ってきたかと思えば、その只人族《ヒューム》はなんだ？」

「んにゃ！　シ、シロウは――」

「まさかその男がお前の婿だ、などとは言うまいな？」

「――っ」

二連続で言葉を被《かぶ》せられ、さしものキルファさんも返答に詰《つ》まる。

「どうなのだキルファ。答えぬか」

「えっと、にゃんて言うか……」

里長に見据えられ、キルファさんはうまく言葉が出てこないようだ。

ならば仕方がない。どうせ歓迎されていないのだ。

俺《おれ》だけは最後までキルファさんの味方でいようじゃないか。

「里長さま、お初にお目にかかります。俺はキルファ――キルファさんの婚約者で、尼田《あまた》士郎《しろう》と申します。以後お見知りおきを」

俺は床《ゆか》に手をつき、日本式の挨拶で深く頭を下げる。

ご家族の手前、この場に限り「さん」付けを解禁だ。

「婚約者だと？」

底冷えするような声だった。

能面のような無表情ではあるものの、瞳の奥には怒《いか》りの灯火《ともしび》がチラチラと見え隠れしている。

七年ぶりに帰郷した孫が、深紅《しんく》のジャケットを身に纏《まと》う胡散臭《うさんくさ》いもやし《男》を連れてきたのだ。

祖母として――なにより里長として不愉快極《ふゆかいきわ》まりないのだろう。

けれども俺はキルファさんに頼《たの》まれた以上、全力で婚約者の――お婿さんのフリをするだけだ。

「はい。キルファさんとは結婚《けっこん》を前提にお付き合いさせて頂いております」

「……只人族が、我ら猫獣人《ねこじゅうじん》を伴侶にすると？」

俺を睨《にら》みつける里長さん。

瞳の灯火は業火《ごうか》となり、猛《たけ》り狂《くる》うかの如く燃《も》え盛《さか》っている。

だけど今日の俺は、キルファさんの婚約者。

ここでビビッて視線を逸《そ》らすわけにはいかない。

俺は平静を装《よそお》い、正面から里長を見つめ返す。

「ええ。それが何か問題でも？」

「……」

俺の回答を受け、里長の視線が水平移動。

キルファさんに向けられる。

「……キルファ、この只人族がお前を伴侶にするなどと抜《ぬ》かしおるが、それは真《まこと》か？」

俺の振《ふ》る舞《ま》いで、キルファさんも覚悟《かくご》を決めたようだ。

キルファさんは大きく頷くと、

「そうにゃ。ボクとシロウは——」

見せつけるかのように、俺の頭をぐいと胸に抱《だ》く。

「恋人にゃ！　それも将来を誓い合った大切な恋人にゃ！」

瞬間、キルファさんの両親から嘆《なげ》きにも似たため息が漏《も》れた。

「そーだよね、シロウ？」

キルファさんの瞳は、必死に「調子を合わせてにゃ」と訴《うった》えかけている。

だから俺はキルファさんの手を取り、これ見よがしに指と指を絡ませる恋人繋《こいびとつな》ぎへと移行。

「ええ。俺とキルファさんは星降る夜に誓いました。種族の壁《かべ》を超《こ》え共に生きよう、と」

「ババ様、聞こえたにゃ？　ボクとシロウはあ、あ、あ、愛しあっているんだにゃ！　結婚するんだにゃ‼」

「「「っ……」」」

俺とキルファさんの小芝居《こしばい》を真に受け、里長だけではなく両親までもが言葉を失っている。

「……愚《おろ》かな孫だ。只人族などに誑《たぶら》かされおって」

憎々《にくにく》しげな声で呟《つぶや》く里長。

「たぶらかされてなんかないにゃ！」

「黙らっしゃい。只人族は我ら猫獣人を――いいや、全ての亜人《あじん》を道具としか見ておらぬのだぞ！」

「それは違《ちが》うにゃ！　ババ様が知らないだけで優《やさ》しい只人族もいるんだにゃ！」

「只人族を信じるなど、我が孫がこれほどまでの馬鹿者だったとは……。やはり里から出してはならなかったか」

「もうっ。ボクはバカじゃないにゃ！　森の奥にひっこんでるババ様こそ世間知らずなんだにゃ！」

里長の偏見《へんけん》に満ちた言葉に、キルファさんがプンスコ怒《おこ》る。

最初こそ静かな怒りを秘《ひ》めた里長にびくびくしていたキルファさんだったけれども、只人族を――蒼《あお》い閃光《せんこう》の仲間を悪く言われ、我慢《がまん》できなかったのだろう。

「里長さま。お言葉ですが、俺はキルファさんと真剣《しんけん》にお付き合いさせて頂いております。決して誑かしてなどいません」

「ふんっ。只人族の、ましてやお前のような口の回る者の言葉を誰《だれ》が信じるものか」

「本当です。俺の祖母に誓って誑かしてなどいません。信じてください」

うん。マジで誑かしてはいないよ。

そもそも付き合ってないんだし。

「誓いと言うたか。ならば問おう」

里長が、再びキルファさんを見据える。

「キルファよ、お前は未《いま》だ純潔を守っておるか？」

「…………………はにゃ？」

「純潔だ。そこの只人族とまぐわっているのではないか？」

「「……」」

俺もキルファさんも、里長の言葉を理解するのにたっぷりと一〇秒はかかった。

そして——

「にゃにゃっ⁉　きゅ、急になにを言い出すにゃ！」

「キ、キルファさんの言う通りですよ。そゆプライベートなことはいくら親族とはいえ訊いちゃいけなくないですか？　ねぇ、キルファさん」

「そうにゃ。ボクとシロウが……え、えっちなことをしてるか訊くにゃんて、冗談《じょうだん》にしたってタチが悪いにゃ！」

キルファさんの顔が赤い。真っ赤だ。

俺も顔が熱いから、赤くなっている気がするぞ。

「冗談などではない。大真面目だとも。それでどうなのだ？　このチャムファとの誓いを破り、そこの只人族とまぐわったのか？」

「ま、ま、ま、」

キルファさんは、口をパクパクとすることしかできないでいる。

俺は俺で内容がセンシティブすぎるから、なんと答えたものか頭を悩ます。

これほど正解がわからない質問もはじめてだぜ。
ヒントは里長との『誓い』、このワードのみ。
思考を巡らし、脳内シミュレーションを開始。

【問】えっちなことしてますか？
【回答その一】しています。↓大切な孫を傷物にしたな。殺せ！
【回答その二】していません。↓やはり婚約者というのは嘘《うそ》だったか。殺せ‼

……やべぇ。やべぇよ。
正解《ゴール》がまるで見えねぇ。
こんなんどう答えてもバッドエンド確定にしか思えないじゃんね。
「さあ、答えぬか」
里長の眼光が鋭《するど》さを増す。
キルファさんが選んだ答えは——

「そ、そうにゃ！　ボクのお腹《なか》にはシロウの子供がいるにゃ！」

「キルファさんっ⁉」

覚悟をキメた顔で、でも真っ赤な顔で。

お腹に子供がいると答えるキルファさん。

子供って。俺とキルファさんの子供って。

里長の質問に対して、どうして斜《なな》め上の回答をしちゃうんですか？

ほら見て。キルファさんのご両親。

母親は白目を剥《む》いて倒《たお》れ、父親は卒倒《そっとう》した妻を支えつつ俺のことめちゃんこ睨んでますよ。

あれは視線で殺そうとしている眼ですよ。

しかし、里長の反応はより凄《すさ》まじいものだった。

「この只人族がっ。よくも我が孫を傷つけたな！　その命で償《つぐな》うがよい‼」

里長の指先から鋭い爪《つめ》が伸《の》びる。

ちょ⁉　斬《き》り裂《さ》くの？　俺を斬り裂くの？　それとも突き刺《さ》すの？？？

里長が俺に飛びかかろうとした、その瞬間――

「失礼いたします！」

突如《とつじょ》、猫獣人の少女が里長宅にやってきた。

何処のどなたか存じませんが、ナイスタイミングです。

里長はやって来た少女を一瞥《いちべつ》。

「取り込み中だ。後にせよ」

「それが火急の用件なのです」

「……聞こう」

「はっ」

少女が里長の隣に移動する。

里長の耳元に顔を近づけると、小声でこしょこしょと。

「……なに？　ナハトの里の者が？」

「はい。サジリ殿《どの》もいらっしゃいます」

「サジリ殿もか……。間の悪いことだよ」

「いかが致《いた》しましょう？」

「会うしかなかろう。だが――」

里長が俺とキルファさんを見やり、苦虫を噛《か》み潰《つぶ》したような顔をする。

「今はまずい。キルファがいるからね。すまぬがしばし刻《とき》を稼《かせ》いで――」

里長が少女に指示を出すよりも早く、

「よう。邪魔《じゃま》するぜぇ」

新たな来客が現れた。

こんどは猫獣人の青年だった。

歳は二〇代前半ほど。

顎髭《あごひげ》を生やし、髪と尻尾《しっぽ》の色はダークグレイ。

ヅダの里の猫獣人とは違い、只人族が着るような胸元《むなもと》の開いた白いシャツを身につけていた。

「里長よぉ、外で聞いたがキルファが帰ってきたというのは本当か…………へぇ」

キルファさんに気づいた青年が、ニタリと笑う。

目を大きくし、獲物《えもの》を見つけたと言わんばかりの獰猛《どうもう》な顔つきだった。

「こいつは驚《おどろ》いた。キルファ、本当に帰ってきたんだなァ」

「サジリ……」

キルファさんが青年の名を呼ぶ。

表情が固い。会いたくない相手なのだろうか？

「おいおい、どうしたキルファ？　この俺様と再会したんだぞ。どーして笑わない？　ど

－して喜ばないんだァ？　口づけはどうした？　ほれ、抱きついてもいいんだぞ？」

サジリと呼ばれた青年は、続けてこう言った。

「俺様は、お前の許嫁《いいなずけ》なんだからなァ」

第一〇話　許嫁《いいなずけ》

「許嫁……？」

突然《とつぜん》現れた、キルファさんの許嫁と名乗る青年。

ずいぶんと高圧的な人だな。

俺はちらりとキルファさんの表情を伺《うかが》う。

「っ……」

キルファさんは険しい顔をしていた。

けれども否定しないということは、青年の言葉が事実だってことか。

つまりこのサジリと呼ばれた青年は、キルファさんの許嫁——偽物《にせもの》の俺とは違い、本当の婚約者《こんやくしゃ》なのだ。

「待たれよサジリ殿。キルファは先ほど戻《もど》ったばかりなのだ。旅の疲《つか》れもあるだろう。少し休ませてはもら——」

「どうして待つ必要があるんだ？　俺様はキルファの許嫁だぞ。キルファが休むというのなら、それは俺様の隣《となり》であるべきだろうがァ」

青年が――サジリ氏が里長を睨みつける。

里長に対して有無を言わせぬこの態度。

ひょっとしてサジリ氏の方が立場は上なのだろうか。

「だ、だが今は――」

「黙《だま》れヅダの里長。二度は言わんぞ」

「っ……」

許嫁氏に睨まれ、里長が悔《くや》しげに口をつぐむ。

「ババアは口うるさくて困るなァ。お前もそう思うだろキルファ？」

「……ボクのババ様を侮辱《ぶじょく》することは許さないにゃ」

「おっと。そいつは悪かった。お前と夫婦《ふうふ》になれば、俺様のババ様にもなるわけだしなァ。そのときには敬意を払ってやるよ。それよりも……久しぶりだなキルファ。会いたかったぜぇ」

許嫁氏がキルファさんの頬《ほお》に手を伸ばす。

しかし――

「触《さわ》らにゃいで！」

伸ばした手は、キルファさんにぺちんと払われてしまった。

うん。いまので確信した。

キルファさん、このサジリ氏のこと本気で嫌《きら》っているな。

「おお、怖《こわ》い怖い。夫婦になるまではお前に触《ふ》れることも許されないのかよ」

「ボクはサジリとは夫婦にならないにゃ」

「へぇ……。どういう意味だ？」

「ボクは――」

キルファさんが、俺の腕を胸に抱く。

「ボクは、このシロウと結婚するんだにゃ！」

許嫁を名乗るサジリ氏に向かって、キルファさんは堂々の婚約破棄宣言《こんやくはきせんげん》。

ここではじめて、サジリ氏は俺の存在に気づいたようだ。

「……ふぅん」

許嫁氏の目が俺へと向けられた。

あまり興味がなさそうに、頭からつま先までを流し見る。

取るに足らない相手と見なしたのか、呆《あき》れたような笑《え》みを浮かべた。

「なんの冗談だキルファ？　その只人族《ヒューム》と結婚するだなんて――」

許嫁氏は、ふと何かに気づいたとばかりにぽんと手を打つ。

「ああ、そうか。その只人族がお前の弱味《よわみ》を握《にぎ》っているんだなァ。借金でも背負わされたか？　奴隷《どれい》商お得意の『契約魔法《けいやくまほう》』に縛《しば》られているのか？　なんにせよ安心するといい。俺様がその只人族を殺してやるからよォ」

許嫁氏は腰《こし》に挿《さ》していたショートソードを抜き、切っ先を俺へと向けた。

予期せぬピンチの予感。

まさか五分にも満たない僅《わず》かな時間で、二度も命の危機が訪れるなんて。

「ちょっと待ってください。剣《けん》など抜かず、まずは俺の話を聞いてもらえませんか？」

俺は立ち上がると、両手をあげ敵意がないことをアピール。

けれども許嫁氏のショートソードは俺に向けられたまま。

「断るぜぇ。只人族の言葉は聞くと耳が腐《くさ》るからなァ」

「ダメにゃサジリ！　シロウには手を出させないにゃ！」

キルファさんが立ち上がり、両手を広げ俺を背に庇《かば》う。

「そこをどけキルファ」

「どかないにゃ！　聞いてサジリ。ボクとシロウは愛し合ってるの！　結婚するの！　ボクはそのことをババ様に伝えるために帰ってきたんだにゃ」

「お前が只人族と……愛し合っているだと？」

許嫁氏が無造作に近づいてくる。

まずはキルファさんに鼻を近づけくんくん。

次いで、俺にもくんくんと匂《にお》いを確認《かくにん》。

「……お前、キルファの匂いが強いな」

「あれ？　バレちゃいました？　まいったなー。愛し合っているので自然と匂いがついてしまうんですよね」

「ふぅん。愛し合う、ねぇ。猫獣人と只人族が。……愛し合うのは寝床《ねどこ》でか？」

「っ……。ご想像にお任せしますよ」

「チッ」

昨夜はベッドで一晩中キルファさんと密着していた。

その甲斐《かい》あって、匂いチェックも無事クリア。

俺とキルファさんが恋人《こいびと》同士であることを認めたようだ。

サジリ氏がショートソードを鞘《さや》に収める。

「キルファ、その只人族と子をつくるつもりか？」

「そうにゃ。ボクはシロウの子供をたくさん産むんだにゃ！」

「へぇ……」

許嫁氏の問いに、キルファさんが迷いなく答える。

……ちょっとキルファさん？

サジリ氏黙っちゃいましたよ？

とゆか、いきなりそゆこと言われると顔に出ちゃうからやめてください。お願いします。

ただでさえ状況《じょうきょう》の変化が激しすぎて、ついていくのがやっとなんですから。

「そうか。只人族のガキを、ねぇ」

突《つ》き放《はな》したような物言いだった。

「ならばお前」

「へ、俺？」

「そうだ。お前だ」

「な、なんでしょう？」

「俺様からキルファを奪《うば》うんだろ？　ならば……力を示せ」

「力？」

「そうだ力だ。キルファの夫として相応《ふさわ》しい力を示してみろよォ」

「いや、俺はただの商に――」

商人なんです、そう続けるよりも早くサジリ氏の姿がかき消えた。

次の瞬間《しゅんかん》——

「させないにゃっ!!」

キルファさんが叫《さけ》んだ。

気づけば、許嫁氏の太く鋭い爪が俺の眼前に——それこそ鼻先にまで迫《せま》っていた。

ぜんぜん見えなかった。

大型の肉食獣《にくしょくじゅう》を思わせる鋭い爪。

その爪が辛《かろ》うじて俺に届かなかったのは——

「んんんっ!! シロウは……ボクのお婿《むこ》さんにゃの。絶対に手出しさせないんだにゃ！」

貫手《ぬきて》を放ったサジリ氏の右腕《みぎうで》を、キルファさんが必死の形相で掴《つか》んでいたからだ。

「キルファ、お前何してんだァ？」

「シロウを——ボクのお婿さんを護《まも》ってるんだにゃ！」

「女に護られる、ねぇ。お前、男として恥ずかしくないのかよォ？」

「シロウは商人なんだにゃ。サジリと違ってなんでも力で解決しよーとしないんだにゃ」

商人、という言葉に反応し、サジリ氏の腕《うで》がぴたりと止る。

「……商人だァ？」

「え、ええ。俺は商人です」

頷くと、サジリ氏はぽかんとして、やがて。

「呆れたぞキルファ。よりにもよって只人族の商人なんぞを婿に選ぶとはなァ。カネにでも釣《つ》られたかよ？」

「勝手に呆れていればいいにゃ。でもボクのお婿さんはボクが自分で決めるにゃ」

「……そうか。わかった」

許嫁氏はそう言うと、里長《さとおさ》に顔を向けた。

「おいババア。これがお前たちヅダの里の総意ってことでいいんだよなァ？」

「ま、待って欲《ほ》しいサジリ殿！　刻を——しばし刻をくれ！」

問われた里長が、焦《あせ》り顔でサジリ氏を呼び止める。

なんかもう必死だ。

「……あまり刻はないぞ。約定《やくじょう》を果たして欲しければ急ぐことだなァ」

許嫁氏は吐《は》き捨てるように言うと、キルファさんに視線を戻し、

「キルファ、またな」

ニタリと笑い、里長宅から出ていくのだった。

第一一話　ヅダの里の現状

サジリ氏が去ってすぐだった。

「ババ様！　にゃんでサジリなんかに言いたい放題させてるにゃっ⁉」

キルファさんが柳眉《りゅうび》をつり上げて里長に詰め寄る。

鼻をスピスピさせ、信じられないとばかりに怒っているぞ。

「ボクたちヅダの里とナハトの里は、盟約じゃ五分五分のはずにゃ！　なのになんでサジリが偉《えら》そうにしてるにゃ！　ババ様のことを悪く言えるにゃ⁉」

「それは……」

里長が顔を歪《ゆが》める。

苦渋《くじゅう》に満ちた顔だった。

「キルファ、母上を責めてはいけないわ」

そう窘《たしな》めたのは、キルファさんの母親だった。

キルファさんと俺の子供云々《うんぬん》のあたりで卒倒してしまった母親だけれども、サジリ氏の登場により意識が戻ったようだ。

「かーちゃん……。でもこんなのおかしいにゃ！」

「キルファがいた七年前とは状況が変わっているの」

「どういうことにゃ？」

「それは――」

「止《や》めよリリファ」

キルファさんに何事かを説明しようとした母親が、里長に制止される。

「ですが母上」

「よい。私からキルファに話す」

里長はそう言うと、

「座れキルファ。そこの只人族《ヒューム》もな」

キルファさんと俺に座るよう促《うなが》してきた。

俺とキルファさんは顔を見合わせ、

「ひとまず座りましょうか？」

「……わかったにゃ」

話を聞くため床に座る。

キルファさんはあぐらで、俺は引き続き正座で。

里長も俺たちの正面に座り、

「……ふぅ」

深いため息をついた。

なにやら苦渋に満ちた顔をしているぞ。

「さて、なにから話したものかね。先に伝えておくが楽しい話ではないぞ」

里長はそう前置きしてから語りはじめた。

キルファさんが不在の七年の間に、ヅダの里になにが起こったのかを。

◇◆◇◆◇

許嫁のサジリ氏は、別の猫獣人の里——『ナハトの里』を率いる里長の息子《むすこ》だそうだ。

同じ森に里を構える猫獣人同士、友好と発展を願い、両里長の直系を夫婦にし絆《きずな》を深めようではないか。

口約束ではあるが、サジリ氏が生まれたときに里長同士でそんな約束が交《か》わされたそうな。

サジリ氏はキルファさんの二つ年上。

つまりキルファさんが生まれた瞬間には、もう結婚相手が決まっていたことになる。

けれどもキルファさんは、これに納得《なっとく》などしていなかった。

ぜんぜんしていなかった。

元来、キルファさんは自由を好む性格だ。

外の世界への憧《あこが》れが強かったのもある。

閉鎖的《へいさてき》な里での暮らしにうんざりしていたのもある。

なにより——

「キルファ、お前が里を出た理由はわかっているよ。お前はサジリ殿を酷《ひど》く嫌っていたからね」

「そうにゃ。ボクはサジリのことが大っ嫌いだにゃ」

なにより、サジリ氏の乱暴な振る舞いに我慢できなかったのだ。

「だからボクは里を飛び出したんだにゃ」

キルファさんが里を出るにあたって、里長から出された条件。

それはたった一つ。

――サジリ氏よりも強い婿を連れてくること。

里を率いるには、強いことが絶対の条件。

己《おのれ》よりも強い相手がキルファさんの夫となるなら、サジリ氏も身を引かざるを得ない。

日本育ちの俺にはピンとこないけれど、猫獣人にとって『強さ』とは、時に里長同士の約定よりも優先されるものらしい。

サジリ氏の粗暴《そぼう》な振る舞いには、里長も思うところがあったのだろう。

だからこそ条件付きではあるものの、キルファさんが里から、そしてドゥラの森から出ることを許したのだ。

サジリ氏の横暴な振る舞いに辟易《へきえき》していたヅダの里の者たちは、皆《みな》キルファさんに期待した。

キルファさんのことだ。きっと強くて優しい婿殿《むこどの》を連れてくるに違いない、と。

対して、これに憤慨《ふんがい》したのがサジリ氏だ。

「サジリ殿は『キルファを捜《さが》しに行く』といって聞かなくてなぁ。父ちゃんにまで詰め寄るもんだから、危《あや》うく殴《なぐ》っちまうとこだったんだぞ」

こちらはキルファさんの父親。

どこかのんびりとした口調が、キルファさんにそっくりだ。

「キルファが里を出て二年目だったかね。オービルの王が代替《だいがわ》りしたのさ」

苦々しく語る里長の表情は険しい。

都市国家オービルの先代国王が崩御《ほうぎょ》し、当時五歳だった王太子が新たな王となった。

そしてこれこそが、ドゥラの森に住む獣人たちにとって悪夢のはじまりだった。

「先代の王とは違い、当世の王は獣人を毛嫌《けぎら》いしていてね。只人族の民に比べ、ずいぶんな無茶《むちゃ》を私たち獣人に要求してきたのさ」

代替りする以前、ドゥラの森に住まう獣人は『税』とは無縁《むえん》だった。

オービルの街とも良好な関係を築いていて、狩猟《しゅりょう》で得た肉や毛皮を売り、代わりに穀物や衣服、日用品に薬なんかを購入《こうにゅう》していたそうだ。

けれども新国王になった途端《とたん》、獣人への対応が一八〇度変わる。


ドゥラの森に住む全ての獣人に対し、人頭税を要求するようになった。

街に入るのにも税を取るようになった。

オービルの商会は、獣人たちが狩《か》った獲物の肉や毛皮を安値で買い叩《たた》くようになった。

なのに冬を越《こ》すのに必要な穀物や薬を、只人族より何倍も高い値でしか売ってくれなくなった。

冒険者《ぼうけんしゃ》ギルドは獣人を締《し》め出した。

ドゥラの森に住まう獣人が、他国に行くことを法で禁じた。


それはもう権力を振りかざし、現在進行形でやりたい放題なのだとか。

「私が若い頃と違い、里の住民は増えた。オービルで食料を得ないことには冬を越せないぐらいにね」

里長はそう言うと、一瞬《いっしゅん》だけキルファさんに優しい眼差《まなざ》しを向ける。

「お前が送ってくれたカネには、里の皆もずいぶんと助けられたよ」

キルファさんが実家に仕送りしていたのは、蒼い閃光の仲間と俺、それに受付をやってるエミーユさんだけが知っている秘密だ。

冒険《ぼうけん》が成功し、まとまったおカネが入ると、キルファさんは決まって馴染《なじ》みの運び屋におカネを預けていた。

銀等級の凄腕冒険者《すごうでぼうけんしゃ》の稼ぎだ。かなりの金額になるだろう。

けれども里長は悔しそうに。

「だが穀物の値が年を追う毎に上がっていてね」

カネを稼ぐため、当初は里の者が総出で狩りを行っていた。

なんせ、ほぼ唯一《ゆいいつ》の収入源が狩猟なのだ。

誰も彼《かれ》もが懸命《けんめい》に狩りをした。

だがそれは、他の獣人たちも同様だったそうだ。

おカネを得るため、森に住まう獣人たちが一斉《いっせい》に狩りを――それも例年以上の狩りを行う。

その結果なにが起こるのか？

「一昨年からかね。獲物をとんと見かけなくなったのさ」

答えは生態系の破壊《はかい》。

ヅダの里への道中でも、キルファさんはモンスターが出ないことを不思議がっていた。

ドゥラの森はいま、ホーン・ラビットやフォレスト・ブルなどの、食用できるモンスター類がまるっと絶滅《ぜつめつ》しかかっているそうだ。

既《すで》に食物連鎖《れんさ》のピラミッドは崩《くず》れた。

そして消えたモンスターと入れ替《か》わるようにして、別のモンスターが森を闊歩《かっぽ》するようになったのだという。

「オーガ？　オーガが森にいるにゃ⁉」

「そうさ。何処《どこ》から来たのか、この森にはいまオーガの群れが居着いているのさ」

――オーガ。

俺《おれ》でも知ってるメジャーなモンスターの名だ。

ネスカさんの教えによると、その姿形は正に日本の昔話にも出てくる鬼《おに》そのもの。

筋骨隆々《りゆうりゆう》な身の丈三、四メートルもあるモンスターで、これを討伐《とうばつ》するには銀等級以上の実力が求められる。

そんな筋肉オバケなモンスターが、森で群れを成しているという。

「オーガがいるにゃんて……。オービルには教えたにゃ？」

「何度も陳情《ちんじよう》したさ。しかし回答はいつだって同じ」

里長は一度区切ると、深いため息と共に続ける。

「ドゥラの森の事は獣人たちで対処せよ、だそうだ」

「そんにゃ……」

キルファさんが呆然《ぼうぜん》とする。

でもすぐにハッとなり、

「ババ様、里の狩人《かりゅうど》はどうしたにゃ⁉　アジフ兄ちゃん――アジフ兄ちゃんならオーガだって倒せるはずにゃ！」

「狩人かい」

里長が懐《なつ》かしむように零《こぼ》す。

「追うべき獲物がいなくなってしまったんだ。里の狩人は食うために、家族を食わせるためにオービルへ出稼《でかせ》ぎに行ったよ。里一番の狩人だったアジフもその中の一人さ。もう二年も帰ってきていないがね」

経済的に困窮《こんきゅう》したヅダの里。

狩りに出てもそもそも獲物がいないのだ。

里で腕利《うでき》きだった狩人たちは、皆オービルの街へ働きに出た。

けれども一度だけ穀物が届けられただけで、以降狩人たちは里に帰ってきていないそうだ。

「里に残った狩人は年寄りばかりさ。そんな年寄りばかりで、どうしてオーガの群れに対処できようか」

里を護るため、里長が頼《たよ》ったのはナハトの里だった。

ナハトの里の戦士たちは精強で、オーガが相手でも一歩も引かない。

中でも最強を誇《ほこ》るのがサジリ氏なんだとか。

「武力だけではない。サジリ殿は、ああ見えてオービルの商人とも上手《うま》く付き合っているようでね」

ナハトの里は——というかサジリ氏は武芸だけではなく交渉《こうしょう》事も得意だそうで、オービルの商会とも五分五分の関係を築いているとのこと。

あんなオラついてたサジリ氏が、交渉事を得意としているなんて信じられないけれど、異世界《こちら》では暴力も立派な交渉カードの一つだもんね。

案外交渉の場では、上手いことやってるのかもしれないな。

「間にナハトの里を挟《はさ》めば、直接オービルで買い付けるよりずっとマシな値で穀物を手に入れることができるのさ」

斯《か》くてオーガの群れと食糧難《しょくりょうなん》に対処するため、ヅダの里はナハトの里を頼った。

頼らざるを得なくなった、と里長は続けた。

ヅダの里の要望に対し、ナハトの里は条件付きでコレを了承《りょうしょう》。

その条件こそが——

「ボクを連れ戻すこと、でしょ？」

キルファさんの言葉に、里長が頷《うなず》く。

「そうだ。キルファ、お前がサジリ殿の妻となるのならば、ナハトの里はヅダの里を統合し、同胞《どうほう》として迎《むか》え入れると約束してくれたのだ」

キルファさんの父親から届いた手紙には、『いますぐ帰って来い』と書かれていたらしい。

「それでボクを呼び戻したんだにゃ」

合点《がてん》がいったとばかりにキルファさん。

「でも……でも！　にゃんでナハトの里を頼るにゃっ？　あのサジリがいるんだよ？　猫《ねこ》獣《じゅう》人じゃなくっても——他の獣人たちを頼ることだってできるはずにゃ！」

「……それは出来ぬのだ」

「にゃんでっ？」

「里の狩人が、熊獣人の縄張りで狩りをしてしまったのだ」

「っ!?」

キルファさんの目が驚きで大きくなる。

ドゥラの森では獣人ごとに決まった狩場《かりば》があり、『縄張り』と呼んでいる。

他種族の縄張りで狩りを行うことは侵略行為《しんりゃくこうい》にも等しい。

なのに困窮したヅダの里の狩人が、熊獣人の縄張りで狩りをしていたのだという。

「家族を食わすために仕方がなかったとはいえ、あの一件でヅダの里は他の獣人たちからの信頼《しんらい》を失ってしまったのさ」

故《ゆえ》にナハトの里を頼ることしかできないのだと、里長は続けた。

「キルファよ、お前がそこの只人族を愛していることはわかった。腹に子がいることも」

「「……」」

子供がいる、とウソをついた手前、俺もキルファさんもめちゃんこ気まずい。

「だが無理を承知で頼《たの》む。そこの只人族と別れ、どうかサジリ殿の妻となってもらえないか？」

「ババ様それは……」

「腹の子は私に任せい。私のひ孫になるのだ。子の命は必ず護ると誓《ちか》う。そこの只人族が望むなら、子を譲《ゆず》り渡《わた》してもよい」

里長が必死になってキルファさんを説得している。

「ヅダの里長として、なにより祖母としてお前が純潔であればと願ってはいたがな。だが、サジリ殿はお前を強く好いておる。純潔でなかろうが腹に子がおろうが、お前を愛してくれることだろう。お前を護ってくれることだろう。そして約定に従い、我らがヅダの里をも護ってくれるのだ」

里長が床《ゆか》に手をつき、首《こうべ》を垂れる。

日本でいう土下座に近い姿勢だ。

「お願いだキルファ。どうかヅダの里を救ってはくれまいか。この通りだ」

里長がキルファさんに頭を下げる。里長にとって、キルファさんは自分の血を引く孫娘《まごむすめ》。

厳しさが愛情の裏返しであることは感じていた。

けれども里長は、キルファさんに犠牲《ぎせい》になってくれと頼んでいる。

一人の犠牲で多くの者を救うために。

それこそが、大勢の命を預かる里長としての決断だったのだろう。

「ババ様……」

キルファさんの瞳《ひとみ》は揺《ゆ》らいでいた。

里長の懇願《こんがん》に、心が揺れ動いてしまったようだ。

情に厚いキルファさんのことだ。

このまま場の雰囲気《ふんいき》に流されてしまうとも限らない。

だから俺は——

「ちょっと待ってください」

強引《ごういん》にでも二人の会話に割《わ》り込《こ》むことにした。

「……なんだ？　私にはお前と話している刻などないのだぞ」

里長がぎろりと俺を睨《にら》む。

「時間がないのなら、なおさら俺の話を聞いてくれませんか？」

「只人族であるお前の話をか？」

「そうです」

俺は自信満々な顔で頷く。

「こちらのヅダの里の状況は理解しました。増税に起因する経済的困窮からくる食糧難。それにオーガという外敵の存在。この二点を解決することができれば、ナハトの里に頼る必要がなくなりますよね？」

俺は指を二本立て、ヅダの里を悩《なや》ます問題点を確認。

「まず食料に関しては俺が支援《しえん》します。俺が所属する商会を頼れば、里の皆さんが不自由なく暮らせるだけの食料を用意できるでしょう。また、オーガに関しても俺の方で討伐隊を編成し、これに対処します」

「ずいぶんと大きく出たな。それでお前に何の得がある？」

里長の問に対し、俺は、

「キルファさんの自由です」

即答《そくとう》で返した。

「っ……」

「如何《いかが》でしょうか?」

「……なるほど。キルファが婿に選ぶわけだよ」

里長が僅かに笑みを浮《う》かべる。

ほんの少しだけ、俺のことを認めてくれたような気がした。

「只人族の、名はなんといったか?」

「尼田《あまた》士郎《しろう》です。キルファさんからは士郎と呼ばれています」

「そうか。シロウよ」

里長が居住まいを正し、俺に向き直る。

「ありがたい申し出だが、里の者……いや、この森に住まう獣人はもう只人族を信じておらぬのだ」

オービルの獣人への仕打ちが事実なら、只人族を信じることができないのも当然だ。

一方的に迫害《はくがい》してくる相手を、どうして信用できるというのか。

「信じぬだけならまだいい。憎《にく》んでいる者も多かろう。その者たちにとって只人族に縋《すが》り生きるなど、耐《た》え難《がた》い屈辱《くつじょく》でしかないのだ」

「ですが——」

「仮にオーガを討伐できたとしよう。だが次の年に別の魔物《まもの》の群れが現れたらどうする。またお前を頼るのか？」

反論しようとするも、里長が先んじて言葉を被《かぶ》せてくる。

「お前が病や不慮《ふりょ》の事故で死んでしまったらどうだ？　ナハトの里の援助《えんじょ》を一度は断っておきながら、やっぱり助けてくれと頼めばいいのか？　何より、」

里長が真剣《しんけん》な面持《おもも》ちで続ける。

「シロウよ、お前はこのヅダの里に生涯留《しょうがいとど》まってくれるのか？」

「っ……」

不覚にも、言葉を返すことができなかった。

猫耳《ねこみみ》の楽園は、俺にとっての理想郷。それは変わらない。

だからといって、ニノリッチを忘れることなどできやしないのだ。

「理解したか？　猫獣人は猫獣人と。只人族は只人族と暮らすことこそが互《たが》いにとっての幸いなのさ」

達観した物言いは、言外に只人族への拒絶《きょぜつ》が含《ふく》まれている。

俺のコネクションをフルで使えば、ヅダの里を救うことは出来ると思う。

だが当事者であるヅダの里が、俺の――というか只人族の援助を望んでいない。

「既にナハトの里の援助は幾度《いくど》となく受けておる。恩を返せぬほどにな。今ではヅダの里の誇りなど無にも等しい。それでも只人族の助けを借りるよりはずっとマシなのさ。シロウよ、私たちに一欠片《ひとかけら》だけ残ったヅダの誇りを奪わないでおくれ」

里長は俺との話は終わりだと言い、最後に。

「キルファ、よく考えておいておくれ。愛する者とヅダの里。どちらを選ぶのかを」

第一二話　選ばれた理由

俺とキルファさんは、ＬＥＤランタン片手に夜の森を歩いていた。

当初の予定では、ヅダの里に何日か滞在《たいざい》するつもりだったのだけれど、

『お前たちを泊《と》めてやりたいけれど、今日のところは里を出た方がいい。シロウのことを知った里の者たちが、何をしでかすか分からんからね』

里長から受けた忠告。

確かに、俺を殺してしまえば状況は好転する。

キルファさんを誑《たぶら》かす悪《あ》しき只人族《ヒューム》を成敗。

約定に従いキルファさんはサジリ氏と結婚《けっこん》し、ヅダの里に平和が訪《おとず》れる。

そんな未来を選べるとなれば、暴走する人が一人や二人いてもおかしくないじゃんね。

俺の身がリアルに危ない可能性があるので、里での宿泊《しゅくはく》を諦《あきら》め急遽《きゅうきょ》予定を変更《へんこう》したわけ

だ。

穏《おだ》やかなニノリッチにいると忘れてしまいがちになるけれど、こちらの世界は人の命が軽い。

ましてやそれが憎き只人族の命ともなれば、軽さは倍増。

——キルファの婚約者《こんやくしゃ》とかほざいてるアイツだけど、ちょっと殺《や》っちゃう?

ぐらいの軽いノリで殺されるかもしれないのだ。

おそらくだけれど、里長なりに俺の身を案じ忠告してくれたのだろう。

まあ、俺にはセレスさんが預けてくれた使い魔《つかま》(?)に、いざというときはママゴンさんを呼ぶ魔笛《まてき》があるから、簡単に殺されるつもりはないけれど。

「……」

「……」

とはいえオービルにUターンすることになったので、俺とキルファさんの足取りは重い。

二人でしょんぼりしながら、来た道を引き返していた。

「シロウ、ごめんにゃさい」

「どうして謝《あやま》るんですか。キルファさんのせいじゃないでしょ」

「ううん。ボク、シロウを騙《だま》して利用したんだにゃ」

「利用？　お婿さん役は俺が望んでやったことですよ？」

「そーじゃにゃくて……そーじゃにゃくてね」

キルファさんが立ち止まる。

伏《ふ》せていた顔が上げられると、藍色《あいいろ》の瞳に涙《なみだ》が浮かんでいた。

「ボクがシロウをお婿さんに選んだのは、シロウならサジリも戦いを挑《いど》まないと思ったからなんだにゃ」

「……俺なら？」

「うん。シロウは商人だから」

キルファさんは語る。

「サジリのことだから、ボクが連れてきたお婿さんと戦う気だったはずにゃ」

「どちらがキルファさんのお婿さんに相応しいか、実力を以《もっ》て証明するために、ですよね？」

「そうにゃの」

キルファと結婚したければ俺様を倒《たお》してみろ、と。

事実、サジリ氏は「力を示せ」とか言って俺に襲《おそ》いかかってきたしね。

キルファさんが間に入ってくれなければ、セレスさんの使い魔が発動していたかもしれない。

「昔からサジリは、欲しいものがあれば暴力で手に入れよーとする最低なヤツだったんだにゃ」

その生き様は生粋《きっすい》のアウトロー。

ただ、無理を押《お》し通せるだけの実力は持っている。

キルファさんが里を出る以前から、サジリ氏の戦闘《せんとう》能力には目を見はるものがあったそうだ。

会わなかった七年間で、もっと強くなっているだろうと予想していたとも。

「最初はね、妖精の祝福《ギルド》にいる金等級の戦士に依頼《いらい》してお婿さん役をやってもらおうと考えていたんだにゃ」

「まあ、普通《ふつう》はそう考えますよね。ギルドには強い人がゴロゴロしてますし」

「でもね、サジリも強いんだにゃ。すっごく強いんだにゃ。七年前の——一五歳《さい》のときのサジリでもう銀等級ぐらいの強さはあったんだにゃ。だからいまは……」

「最低でも金等級クラス、あるいはそれ以上に強くなっている可能性があると」

「うん。ボクが予想していた通り、サジリは強くなっていたんだにゃ」

いざ再会したサジリ氏。

キルファさんの見立てでは、現在のサジリ氏は最低でも金等級クラスの実力があるとのこと。

そこにサジリ氏のオラついたあの性格である。

もし金等級の冒険者を婿役に選んだら、血を見るのは明らか。

婿のフリをするだけのはずが、命を賭《か》けた闘《たたか》いに発展していたかもしれない。

同じギルドの仲間とはいえ、そんな頼みを聞いてくれる冒険者などいないだろう。

「だからね、その……ボク、シロウならって」

「あー、大丈夫《だいじょうぶ》です。わかりました。わかりましたよ、俺を選んだ理由が」

キルファさんが、俺を婿役に選んだ理由。

それは俺が弱いからだ。

この俺の、こちらの世界では誰《だれ》もが認めるもやしっぷりが、逆に争いや諍《いさか》いを遠ざける効果があるからだろう。

だって殴ると死んじゃうから。とってもか弱い存在だから。

けれども、同時に疑問も生まれる。

弱い俺では、婿《むこ》として認められないのではないか、と。

そのことを訊《き》いてみると、キルファさんは顔を真っ赤にして。

「いくら厳しいババ様でも、ボクのお腹《なか》にシロウの子供がいるって知ったらしぶしぶ認めてくれると思ったんだにゃ」

「わーお」

里長は厳しい人だけれども、それでも血の繋《つな》がった祖母。

キルファさんは、里長に対し『家族の情』に賭けたのだ。

けれども結果は先ほどの通り。

「ババ様があんなに怒《おこ》るにゃんて……」

そう言い、しゅんとするキルファさん。

「昔はもっと優《やさ》しかったんだよ？　小言を言いながらもボクが里を出ることも認めてくれたし。にゃのに……」

「この七年の間で、大きく状況《じょうきょう》が変わったからでしょうね」

オービルの国王が代替りし、ドゥラの森に住む獣人との関係が悪化した。

そんなこと誰に予想ができるだろうか？

今回はキルファさんの地元に行くだけだからと、情報収集を怠《おこた》ったといえばそれまでだけど。

こんなことになるのなら、事前に都市国家オービルについてギルドで情報を買っておけばよかったぜ。

「ボク、帰って来なきゃよかったにゃ」

キルファさんが寂《さび》しそうに零す。

「そんなことはないですよ。だって帰って来なかったら、故郷のピンチを知ることすらできなかったんですから」

「……うん。たまに届くとーちゃんからの手紙には、オービルのことにゃんてひと言も書かれていなかったんだよ？」

「キルファさんを心配させまいと伏せていたんでしょうね。故郷のことは気にせず、素敵《すてき》なお婿さんを見つけてもらうために」

「……そっか。とーちゃんのことだから、きっとそーにゃ」

キルファさんはそう呟《つぶや》くと、泣きそうな顔で微笑《ほほえ》んだ。

お父さんの優しさが、嬉《うれ》しかったのだろう。

「さあ、進みましょうキルファさん。オービルに戻《もど》ってみんなに相談すれば、何かいいアイデアが出るかもしれませんしね」

「——っ。うん！」

里長《さとおさ》には拒否《きょひ》されてしまったけれど、ヅダの里を救うことを諦めたわけではない。

只人族を嫌《きら》っているというのなら、他の種族。それこそ鳥人《バードマン》のジダンさんに協力を仰《あお》ぐ

とか、俺がオービルの商会と交渉してみるとか、他にもやり様はあるはずだ。

そのためにも——

「急いでオービルに戻りましょう」

「うん！　……でもシロウ平気にゃ？」

「なにがです？」

「ヅダの里についたとき、すっごく疲《つか》れていたにゃ」

キルファさんが俺の足を指し示す。

ヅダの里に到着《とうちゃく》したときの俺は、疲れから足がプルプルしていた。

そのことを心配して言ってくれているのだろう。

「状況が状況ですからね。ママゴンさん印の回復薬《ポーション》をキメたので、完全回復してますよ」

「よかった〜。ボク、シロウが疲れてないか心配だったんだにゃ」

「俺のことは気にしなくて大丈夫です。あ、よかったらキルファさんもママゴンさんの回復薬いります？」

そう言い、空間収納《くうかんしゅうのう》から回復薬（ママゴンさん製）の入ったペットボトルを取り出す。
キルファさんは困ったような顔で、
「ボ、ボクは遠慮《えんりょ》しとくにゃ」
わりとガチ目にお断りしてきた。
回復薬（ママゴンさん製）の素材を知っているからだろう。
俺だって、なるたけ飲みたくはなかった。
だってこの回復薬の主成分は、ママゴンさんの唾液《だえき》なのだから。

◇◆◇◆◇

「シロウ灯《あか》りを消して」
キルファさんが静かに、けれども真剣な顔で言う。
その瞳は警戒《けいかい》に染まっていた。
すぐにＬＥＤランタンの灯りを消す。
蒼《あお》い閃光《せんこう》とは何度か冒険しているからわかる。
キルファさんがこの顔をするときは、決まって危険が迫《せま》っているときだ。

——まさかオーガか？


キルファさんと俺は木陰《こかげ》に隠《かく》れ、身を低くする。

腰《こし》に差していたショートソードを音もなく抜《ぬ》くキルファさん。

俺も空間収納からママゴンさんの魔笛を取り出し、いつでも吹《ふ》けるように備える。

「……ボクたち囲まれてるにゃ」

「マジですか？」

キルファさんの耳がピクピクと小刻みに動いている。

周囲の音を拾っているのだ。

「……オーガですか？」

「ううん。オーガだったら気配を殺して近づいてこないにゃ」

オーガは絶対の強者であるが故《ゆえ》に、こそこそと隠れたりしないのだという。

相手がオーガではないとはいえ、油断してはいけない。

なぜなら相手は俺たちを標的としているからこそ、気配を消しているのだから。

「オーガではないとすると、いったいなにが——」

「しーっ。くるにゃ」

LEDランタンを消したいま、周囲は完全な闇《やみ》に包まれている。

木々に阻《はば》まれ星明かりも届かないのだ。

そんなか、キルファさんの視線の先。

前方の暗闇《くらやみ》から、

――ガサガサ。

――ガサガサガサ。


草をかき分ける音が近づいてきた。

包囲が完了《かんりょう》したのか、最早《もはや》存在を隠そうともしていない。

やっと暗順応《あんじゅんのう》した目を凝《こ》らし、キルファさんの視線の先を追うと――

「……人？」

「熊獣人だにゃ」

現れたのは大柄《おおがら》な獣人――キルファさんが言うには熊獣人――だった。

熊獣人は、俺たちの三メートルほど前で足を止める。

そして——

「猫獣人と只人族が一緒《いっしょ》にいると聞き、まさかと思い来てみれば……ほれ見たことか。猫獣人が只人族と通じているという噂《うわさ》は本当じゃないか」

女性の声だった。

暗くて表情まではわからないけれど、声音《こわね》からは敵意が伝わってくる。

「こいつらを捕《と》らえるよ。お前たち！」

熊獣人の女性が片手を挙げる。

それを合図にして、次々と熊獣人が現れる気配があった。

前後左右から近づいてくる音がする。

これはもう完全に包囲されてるやつじゃんね。

俺は獣人と違《ちが》って夜目が利かない。なので再びＬＥＤランタンを点《つ》ける。

周囲が薄《うす》ぼんやりと明るくなると、俺とキルファさんは大柄な女性たちによって囲まれていた。

その数はおよそ二〇人。

ヅダの里の猫獣人が着ていた服は毛皮ベースとはいえ、紋様《もんよう》などを入れるなど民族衣装《いしょう》っぽさがあった。

けれども熊獣人たちは毛皮をビキニっぽく巻いただけ。

その様は完全に野蛮人《バーバリアン》していた。

「さーて。長尻尾《ケットシー》、黙《だま》ってウチらについてくるか、それとも動けなくなるまで殴《なぐ》られてから運ばれるか、どちらがいいか選ばせたげるよ」

目の前の熊獣人の女性――おそらくリーダー格――が、無茶《むちゃ》を要求してくる。

「ちょっと待つにゃ！　いったいにゃんのことを言っているにゃっ⁉」

「そうですよ！　なにか誤解していませんか？」

「この期に及《およ》んでとぼけるつもりかい？　お前たちがヅダの里から出て来たのは確認済《かくにん》みなんだよ」

リーダー格の女性はこちらを睨み、続ける。

「前から不思議に思っていたんだよ。どの里も飢《う》えているのに、お前たち猫獣人だけは食い物がある。どの里も子まで売らなくては冬を越《こ》せないのに、お前たち猫獣人だけは冬を越す蓄《たくわ》えがある」

リーダー格の言葉に触発《しょくはつ》されたのだろう。

俺たちを囲む熊獣人が殺気立つのがわかった。

「考えてみれば簡単な話さ。お前たち猫獣人はオービルと繋がっていたんだ。猫獣人はオービルから食い物をもらっていたんだろう？　代わりになにを要求された？　オービルと手を組み、ウチら他の獣人を根絶やしにしろとでもいわれたかっ？」

早口で捲《まく》し立てるリーダー格は、次に俺を指さし。

「そこにいる只人族がなによりの証拠《しょうこ》さ！　こんな夜更《よふ》けに森をこそこそと隠れ歩くのは後ろめたいことがあるからだろうよ」

あちらは暴力もいとわないつもりのようだ。

完全な言いがかりなのだけれど、あちらは本気。

キルファさんが銀等級の一流冒険者《ぼうけんしゃ》でも、俺はもやし。

そこに多勢に無勢なこの状況だ。

「さあ、どうする？　ウチらとしては抵抗《ていこう》してくれた方が楽しめるんだけどね」

ニヤリと笑い選択《せんたく》を迫るリーダー格に対し、キルファさんは、

「……」

地面にショートソードを置くことで応えた。

第一三話　誤解を解くには

俺《おれ》とキルファさんは熊獣人に連行されていた。

幸いなことに、拘束《こうそく》まではされていない。

武器と荷物は取り上げられたけれど、縛《しば》られるようなことはなかった。

多数で囲んでいる余裕《よゆう》からか、はたまた俺のもやしっぷりから拘束する必要を感じなかったのか。

どちらにせよ、不自由なく歩けるのはありがたい。

取り上げられた俺の鞄《かばん》にしても、ダミー用に食料とキャンプ道具、それに僅《わず》かばかりのおカネを入れてあるだけで、大切なものはみんな空間収納《くうかんしゅうのう》にしまってある。

ママゴンさんの魔笛も同様だ。

没収《ぼっしゅう》した誰かが面白《おもしろ》半分に吹いて、ドラゴンが登場したら笑えないもんね。

「お前たちが何を企《たくら》んでいるのか、里に着いたら洗いざらい吐《は》いてもらうからね」

そう言ったのはリーダー格の女性。

顔立ちは凛々《りり》しく、美人というよりは男前といった感じ。

鍛《きた》え上げた肉体――特に、腹筋がバキバキに割れている。

身長は二メートル近くあり、下手をすればロルフさんよりも大きいのではなかろうか。

この場にいる熊獣人たち全員が大柄だから、サイズが大きいのは種族の特性なのかも。

「吐くもなにも、ボクたちはなにもしてないにゃ」

「ハッ。好きなだけしらを切るがいいさ。里に着いたら話したくなるようにしてやるからね」

「ボクたちはホントになにもしてないんだにゃーっ！」

「ウチらの縄張りを荒《あ》らした長尻尾《ながしっぽ》がよく言うよ」

キルファさんがプンスコ怒るも、熊獣人たちはガハハと笑うだけ。

ヅダの里長は、ヅダの里の狩人《かりゅうど》が熊獣人の縄張りで狩《か》りをしてしまった、と言っていた。

そのことが切っ掛《か》けで他種族から不信感を持たれているとも。

俺は脳をフル回転させ状況を整理する。

リーダー格は「猫獣人と只人族《ヒューム》が通じている」、と言っていた。

つまり裏で手を組んでいると決めつけているわけだ。

事実として、ナハトの里はサジリ氏がオービルの商会と取引をしているため、ドゥラの森で唯一裕福《ゆいいつゆうふく》な里らしい。

そしてヅダの里は、そんなナハトの里から食料の援助を受けなんとか食い繋いでいる。

困窮《こんきゅう》している他所の獣人たちからしてみれば、『猫獣人は只人族と裏で繋がっている』と考えてしまうのも当然だろう。

ＳＮＳ世代の俺は知っている。

人は追い詰《つ》められると視野が狭《せま》くなり、くだらない噂やデマを真実だと思《おも》い込んでしまうものなのだ。

そもそもドゥラの森に住む獣人にとって、只人族は絶対にして共通の敵。

そんな敵である只人族《俺》が猫獣人《キルファさん》と連れだって歩いてたのだ。

証拠を掴《つか》んだぞ！　とばかりに捕《つか》まえたくもなるわけだ。

では誤解を解くためにはどうしたらいいか？

生半可な理由では信じてもらえないだろう。

——行商人と護衛のフリをしてみるか？

ダメだ。

行商人が貧しいヅダの里――というかドゥラの森を訪れる理由がない。

――森に迷《まよ》い込んだ旅人とか?

却下《きやつか》。

俺たちはヅダの里から出るところを見られている。

なんなら里に入るところまで見られていたかもしれない。

迷ったと言っても不信感が増すだけだ。

「……」

考えを巡らせた結果、俺は――

「はぁ～。俺ってばついてないな～」

周囲にも聞こえるよう、わざとらしくため息をつく。

「ただでさえあんな事があったってのに、まさかその帰りに捕まっちゃうんだもんなー。

はぁ～、マジでついてない」

俺の言葉に、リーダー格は怪訝《けげん》な顔をする。

「なんだいお前、ヅダの里で何があったんだい?」

リーダー格が反応した。

望んでいた反応に、俺は心のなかでヨシッとガッツポーズ。

けれども顔には出さず、

「いえね、俺はギルアム王国で小さな商会を営んでいる者なんですが、こっちの彼女《かのじょ》と
――」

視線で隣《となり》のキルファさんを示し、続ける。

「所帯を持つことになりましてね」

「猫獣《ねこじゅう》人と只人族が夫婦《ふうふ》になるだって⁉　バカを言うんじゃないよ！」

リーダー格を筆頭に、熊獣人たちはざわざわと。

俺が選んだ作戦。

それは『キルファさんのご家族に会いに来たけれど、追い返されました大作戦』だ。

端《はな》からこちらを疑っている以上、下手にウソを並べても逆に怪《あや》しまれるだけ。

こゆ場合では、逆に『ウソくさい真実』の方が信じてもらえることを俺は経験から知っている。

そもそも俺は、キルファさんの『お婿さん』としてドゥラの森に来たわけだしね。

ここでの出来事が、万が一にもサジリ氏の耳に入らないとも限らない。

ならば最後まで貫《つらぬ》き通すまでだ。

「お前！　いい加減な嘘《うそ》をつくんじゃないよ！」

「いやいや、連行されてるこの状況ですよ？　ウソをつくならもっとマシなウソをつきますって」

「っ……」

ヅダの里でも感じていたけれど、この森に住む獣人にとって只人族との結婚はあり得ないことのようだ。

里の方針として昔からそうなのか、それともオービルとの件が原因なのかはわからないけれどね。

「みなさんはご存知《ぞんじ》ないようですけれど、森の外——俺が住むギルアム王国の一部地域では、只人族が他の種族と結婚することは珍《めずら》しくはないんですよ？」

「そ、そうなのかい？」

「ええ。さすがに多数派とまでは言いませんけれどね」

「うんうん。珍しくはないんだにゃ。ギルドにいる兎獣人《うさぎじゅうじん》のエミィだって、ずっとボクの、シロウのこと狙《ねら》ってるんだにゃ」

「「……」」

熊獣人たちは、信じられないとばかりに顔を見合わせる。

同時に話の続きが気にもなっているようだ。

よーし。俺のペースになってきたぞ。

「まあ聞いて下さい。俺と彼女は夫婦になることを誓《ちか》いました。結婚式《けっこんしき》を挙げるその前に彼女のご家族に報告と挨拶《あいさつ》をしよう、となりましてね。ギルアム王国から馬車を乗り継《つ》いでオービルに入り、そこから徒歩で彼女の故郷――ヅダの里までやってきたんですよ。それなのに……」

俺は大げさにうなだれ、ショックを受けているアピール。

「まさかのまさか。彼女の家族から大反対されましてね。あのまま里にいたら冗談《じょうだん》抜《ぬ》きで殺されそうな雰囲気《ふんいき》だったので、慌《あわ》てて帰るハメになったんですよ。そりゃ、運の無さに愚痴《ぐち》の一つも言いたくなると思いません？」

「……」

リーダー格は戸惑《とまど》い顔。

俺の話が真実かと迷いはじめているようだ。

「姐《あね》さん、信じちゃいけないよ！　只人族はすぐ嘘をつくからね！」

「そ、そうだった！　お前たち只人族は口が回るんだ。……危《あや》うく信じかけちまったよ」

「いやいや、本当ですって」

「そこまで言うのなら証拠はあるんだろうね？」

「証拠ですか？　ん～……あ！　そこのあなた。あなたが持っている俺の鞄のポケットに……あ、そっちじゃなくて横のポケット。いえ、反対の方です。そう、そこです。そこのポケットにギルアム王国の通貨が入っています」

没収した荷物を持っていた熊獣人が、鞄のポケットから銀貨を取り出し、リーダー格に見せる。

「姐さん、このカネはオービルのものじゃないよ」

「……そうかい」

「二月《ふたつき》もかけてこちらまで移動してきましたからね。オービルの通貨に換金《かんきん》する時間も惜《お》しかったんですよ。この森に入る許可証もギルアム通貨で購入《こうにゅう》できましたしね」

「「……」」

あれ、これ本当にシロなんじゃね？

そんな空気が熊獣人たちから漂《ただよ》いはじめる。

ならば追撃《ついげき》といこうか。

「まだ俺たちを疑っているのでしたら……しょーがないですね。とってきのものをお見せしますよ」

俺はジャケットの内ポケットから、一通の証明書を取り出す。

「この書類は俺がギルアム王国に在る商会、『久遠《くおん》の約束』に所属する商人であることを証明するものなのですが……どなたか共通語を読める方はいらっしゃいますか？」

熊獣人たちの視線がリーダー格へと集まる。

「ウチは五年前までオービルで冒険者をやっていた。共通語の読み書きならできるよ」

「それはよかった。大切な書類ですので、大切に扱《あつか》ってもらえると助かります」

俺は書類をリーダー格へと渡《わた》す。

リーダー格は書類に目を落とす。

「ちなみに当商会長は鳥人《バードマン》です」

「鳥人だって!?　只人族の国で鳥人が商会を持っているのかいっ？」

「ええ。それもただの商人ではありません。ギルアム王国の王族とも懇意《こんい》にしている大商人ですよ」

「そんなことが……」

大丈夫。ジダンさんは王妃《おうひ》とも面識がある。

ウソは言ってないからセーフなはずだ。

「久遠の約束。鳥人の商会長……」

驚愕《きょうがく》しながらも、書類に目を戻すリーダー格。

待つこと数分。

「……ウチにはこれが本物なのかわからない」

リーダー格の発言に、キルファさん含《ふく》め熊獣人たちまでもがズッコケそうになる。

けれども証明書はいわばフリだ。

本命は——

「まあ商会の身元証明書なんて、商人同士でしか確認しようがありませんからね。となると、そうだな～……あ、そうだ！　アレを見せてやったらどうかな？」

俺はポンと手を打ち、隣のキルファさんに視線で訴《うった》える。

「んにゃ？　アレってなんのことだにゃ？」

「アレだよアレ。冒険者証《ギルドカード》だよ」

「っ!?」

キルファさんが、その手があったかという顔をする。

すぐに胸元《むなもと》に手を入れ、一枚の薄い金属プレートを取り出した。

「これはボクが所属する『妖精の祝福』のギルドカードにゃ」

キルファさんが、『妖精の祝福』の部分をこれでもかと強調。

妖精の祝福は、ギルアム王国最大の冒険者ギルド。

数年前まで冒険者をやっていただけあって、さしものリーダー格も耳にしたことがあったようだ。

「み、見せてみな！」

リーダー格が、キルファさんからギルドカードを奪《うば》い取る。

「本物の……妖精の祝福のギルドカードみたいだね。それも銀等級だって？」

「そうにゃ。こー見えてボクは銀等級なんだにゃ」

ドヤ顔でえっへんとしてみせるキルファさん。

続けて、

「銀等級になるには、難しい依頼をいくつもこなさないといけないんだにゃ。オービルやドゥラの森を拠点《きよてん》にしていたんじゃなれないんだにゃ」

「だろうね」

リーダー格は、ギルドカードとキルファさんを何度も見比べ、やがて。

「ん？　キルファ……キルファだってっ⁉　まさかヅダの里長の孫娘《まごむすめ》かいっ？」

「そーにゃ。ボクのババ様はヅダの里長にゃ」

キルファさんの顔を、まじまじと見つめるリーダー格。

どうやらキルファさんの名を知っていたようだ。

やがて、

「……悪かったね。ウチらの勘違《かんちが》いだったようだよ」

やっと誤解が解けた様子。

俺たちに対する警戒心《けいかいしん》が消えるのがわかった。

「ガナフィナ、こいつらに荷物を返してやんな」

「待ってよ姐さん！　只人族お得意の嘘かもしれないだろっ？　そのなんとかカードってやつも、偽物《にせもの》かもしれないじゃないか！」

「あの妖精の祝福が偽物を赦《ゆる》すわけがないだろうさ」

さすがは近隣《きんりん》諸国にまでその名が響《ひび》き渡る、王国最強の冒険者ギルド妖精の祝福。

身分証としての効力もバッチリだ。

「銀等級とは恐《おそ》れ入ったよ。どんなに才能があるヤツでも、数年がかりでやっと辿《たど》り着ける等級だからね。だがそれも……あの勇名を馳《は》せたヅダの里長の孫娘なら納得《なっとく》だよ」

リーダー格が、ギルドカードをキルファさんに投げ返す。

「ボクのババ様をしってるにゃ？」

「ウチらの先代の里長から、嫌ってほど聞かされているからね。たった一人で幻獣《げんじゅう》を狩ったとか、バカみたいに強い魔獣《まじゅう》の大蛇《サーペント》を討伐《とうばつ》しただの、いろいろさ」

「……その話、ボクはしらないにゃ」

「あの人にとっちゃ誇《ほこ》るようなことでもなかったのかもね」

リーダー格の表情は、憧《あこが》れの人を語るかのようだった。

「風の噂じゃヅダの里長の孫娘は、何年も前に婿探しの旅に出たって聞いていたけどねぇ……」

リーダー格の視線が水平移動。

キルファさんから俺へと向けられる。

「見つけた婿が只人族ってわけかい」

「誰を好きになるかはボクの勝手にゃ」

「責めてるわけじゃないさ。だけど……追い返されるのも納得だよ」

リーダー格が楽しそうに笑う。

先程《さきほど》までと違い、だいぶ雰囲気が柔《やわ》らかくなった。

リーダー格は仲間に俺たちの荷物を返すよう言い、

「ウチはバレリア。ルグゥの戦士バレリアだ。お前たちを疑って悪かったね」

バツが悪そうに頭を掻《か》く。

「俺は商人の尼田士郎《あまたしろう》。士郎と呼んでください。それでこっちが――」

「ヅダの里のキルファだにゃ。いまはギルアム王国のニノリッチで冒険者をやってるにゃ」

「よろしくなシロウ。それにヅダの里のキルファも」

俺たちは握手《あくしゅ》を交《か》わし、笑《え》みを浮《う》かべるのだった。

◇◆◇◆◇

「詫《わ》びのついでだ。今晩はウチらの里に泊《と》まるといい」

リーダー格改め、バレリアさんはそう言って俺たちを熊獣人の里へ案内してくれた。

「ウチらが用意できるのは寝床《ねどこ》だけだ。食い物は出せないから期待しないでおくれよ」

「こんな夜更けに泊めてもらえるなんて、感謝しかないですよ」

冗談《じょうだん》交じりに語るバレリアさんによると、当初は里近くの洞窟《どうくつ》へと連行し拷問《ごうもん》する予定だったとのこと。

それが寝床をゲットできるまでになったのだ。

大幅《おおはば》な待遇《たいぐう》改善といえるだろう。

「さあ着いた。ここがウチらの里ルグゥだよ」

熊獣人が住まうルグゥの里は、森の開けた場所にあった。

住居がツリーハウスのヅダの里とは違い、こちらはわらぶき屋根の家々が建ち並んでいる。

はじめて訪《おとず》れた場所なのに、日本人の俺にはどこか懐《なつ》かしさを感じさせる光景だ。

同じ森に里を構えていても、種族によって住居の形状が異なるのはとても興味深いじゃんね。

ただ、いまはなによりも気になることがある。

「シ、シロウ」

ルグゥの里を見回したキルファさんの声が震《ふる》えている。

なぜなら、里に住む熊獣人たちのほとんどが痩《や》せ細《ほそ》っていたからだ。

「みんなゲッソリしてるにゃ」

「どうやらこちらの里は、かなり困窮しているようですね」

ヅダの里の猫獣人たちは、貧しいながらも子供たちが駆《か》け回れるぐらいの元気はあった。

それに比べどうだ？

熊獣人たちは地べたに座《すわ》り込《こ》み、夜空を、あるいは地面を見つめるだけ。

痩せ細った子を抱《だ》きかかえる母。

お腹《なか》が空《す》いたと泣きじゃくる兄妹《きょうだい》。

貧しいなんてものじゃない。存亡に関わるレベルで追い詰められていた。

「酷《ひど》いもんだろう？　ウチらの里では、戦士から優先して食い物が配られる。戦士ではない者たちは、五日に一度飯を食えればいいほうなんだよ」

「えぇっ⁉　五日に一度？」

「長尻尾の里はどうか知らないけどね。食い物がないのはウチら熊獣人だけじゃない。他の里も似たようなもんさ」

「「……」」

俺とキルファさんは、こんどこそ言葉を失った。

まさか同じ森に住む種族で、こんなにも状況《じょうきょう》が違うとは想像すらしなかったからだ。

「ボクがサジリと結婚《けっこん》しないと……ヅダの里もこうなるにゃ？」

痩せ細った熊獣人たち。

いまキルファさんの目には、ルグゥの里と重なるようにして、未来のヅダの里が見えているのかもしれない。

俺はキルファさんの手を握《にぎ》る。

「大丈夫《だいじょうぶ》ですよ」

「シロウ……」

「いまは見つからなくてもきっと方法はあるはずです。追い詰められたことは何度もありました。でもその度《たび》にみんなで協力して乗り越えてきたじゃないですか？」

「……うん」

「だから今回も大丈夫です。キルファさんには俺が——みんなが、心強い仲間がたくさんいるんですから」

「——っ。うん！」

キルファさんが俺の手を握り返してきた。

ぎゅっと。強く。

不安に揺《ゆ》れていた瞳《ひとみ》にも輝《かがや》きが戻ってきた。

よし。いつものキルファさんだ。

もう大丈夫だな。

「独り身のウチが隣にいるってのに、ずいぶんと見せつけてくれるじゃないか」

俺たちの会話が聞こえていたみたいだ。

バレリアさんが茶化《ちゃか》すように言ってくる。

キルファさんのことをうっかり「さん」付けで呼んでしまったけれど、特に怪しまれた様子はない。セーフだ。

「あはは。そりゃ大切なこ、こ、恋人《こいびと》ですからね。落ち込んでたら励《はげ》ますのはとーぜんですよ。とーぜん」

「そうにゃそうにゃ。シロウはボクが落ち込むと、いつも元気づけてくれるんだにゃ。優しーんだにゃ」

「ふぅん。そんなとこに惚《ほ》れたのかい？」

「そ、そーにゃの」

「お熱いことだよ」

キルファさんの顔が真っ赤だ。

わかるよキルファさん。

恋人のフリをするのって、わかってはいてもめちゃんこ恥《は》ずかしいもんね。

そんなほっこりムードが漂いはじめたタイミングでのことだった。

「姐さん、戻《もど》ってきたんだね！」

熊獣人の少女が、慌てた様子で駆け寄ってきた。

「どうしたのさギーナ？　そんなに慌てて」

少女は息が整うのも待たずに、悲痛な声で。

「マテオのヤツが熱を出したんだ！　きっと『森の嘆《なげ》き』だよ!!」

「なんだってっ!?」

バレリアさんの顔色が変わる。

すぐに俺たちに向き直り、

「悪いがここで待っておくれ。弟が森の嘆きに罹《かか》ったんだ！」

そう言うと、少女と共に駆け出してしまった。

「シロウ」

「はい」

俺とキルファさんは顔を見合わせ、同時に頷《うなず》く。

「行きましょう！」

「うん！」

そしてバレリアさんの後を追いかけるのだった。

第一四話　風土病

――森の嘆き。

ドゥラの森に古くからある風土病で、症状《しょうじょう》としては数日から一〇日ほど高熱が続くそうだ。

他にも喉《のど》の痛みと四肢《しし》の痛みなどがあり、どの里でも毎年少なくない死者が出るとのこと。

キルファさんから説明を聞くに、日本でいうインフルエンザの上位互換《ごかん》って感じかな。

インフルエンザも毎年多くの死者を出している。

医療《いりょう》設備の整った日本ですらそうなのだ。

薬がろくに手に入らず、さらに栄養状態が悪いいまの熊獣人たちでは、回復するのも難しいのではなかろうか。

「マテオ！　マテオ！　しっかりおし!!」

バレリアさんが涙《なみだ》を流し、荒《あら》い息をつく弟氏を抱き起こしている。

この家は、森の嘆きにかかった者たちを集めているのだろう。

毛皮を敷《し》いた床《ゆか》に、三〇人以上が寝《ね》かされていた。

三分の二が子供で、残りは年寄りと大人。その誰《だれ》もが酷く痩せている。

「あぁ……マテオ。お前まで死なないでおくれ。ウチを一人にしないでおくれ。お願いだよ……」

「ねぇ……ちゃん……？」

バレリアさんの声で目覚めたのか、弟さんの目が薄く開く。

「そうだよ姉ちゃんだ。お前はウチの弟だろ？　この戦士バレリアの弟なんだ。森の嘆きなんかに負けちゃいけないよ！」

「う……ん…………」

「マテオ……？　マテオ!!」

「……」

弟氏の瞼《まぶた》が閉じられる。

まさか死んでしまったのか？

一瞬《いっしゅん》焦《あせ》るも、お腹が僅かに動いているのを確認。浅いけれど呼吸もしている。

弟さんは、文字通りの意味で眠《ねむ》りに就いたようだ。

「ふーむ」

俺は考《かんが》え込む。

目の前に広がる、野戦病院さながらの光景。

これを目にしてしまっては、もう放っておくことなんてできないじゃんね。

「バレリ――」

「ダメにゃ」

バレリアさんに声をかけるよりも早く、キルファさんに肩《かた》を掴まれた。

「キルファさん？」

「シロウのことだから、ママゴンのポーションを使う気でしょ？」

「ええ、そのつもりです」

「なら絶対に使っちゃダメにゃ」

キルファさんの顔は真剣《しんけん》そのもの。

「シロウ、こっちにくるにゃ」

キルファさんに連れられ、一度外へ。

「聞いてシロウ。ママゴンのポーションは効果が凄《すご》すぎるんだにゃ。怪我《けが》だけじゃにゃくて病気だって治しちゃうんだにゃ」

ママゴンさん印の回復薬《ポーション》。

その効果は絶大で、千切れた手足もにょきにょきと生えてくるほど。

ニノリッチの冒険者から、伝説の霊薬《れいやく》エリクサー疑惑《ぎわく》が出るぐらい凄《すさ》まじい回復力を秘《ひ》めている。

「そんなすっごいポーションをシロウが持ってるってバレたら……」

キルファさんが周囲をきょろきょろ。

より一層声を潜《ひそ》め、続ける。

「殺されたっておかしくないんだにゃ」

「――――っ!?」

伝説の霊薬に等しい回復薬。

国によっては国宝に認定《にんてい》されてもおかしくない代物《しろもの》だ。

そんなお宝を持っているとわかれば、果たしてどうなるか？

殺してでも奪いたくなる、とキルファさんはそう言っているのだ。

使えば怪我と病を完全に治し、売れば余裕で城が建つ。

ニノリッチじゃバンバン使っていたけれど、それは俺がニノリッチで確固たる地位を築いていたからに過ぎない。

町長とは友人関係だし、妖精の祝福《ギルド》のギルドマスター、ネイさんとも懇意にしている。

いくつもの住居と宿屋、公衆浴場にカジノと劇場まで建てた。

商人や観光客を呼び込むことに成功し、たくさんのおカネがニノリッチに落ちるようになった。

決して俺一人の力ではないけれど、ニノリッチの人々は俺に対し好意的な感情を抱いてくれている。

けれどもここは熊獣人が住まうルグゥの里。いるのは他人ばかり。

強すぎる力は、いつだって争いの種になる。

獣人に嫌《きら》われてる只人族《ヒューム》というマイナススタートのなかで、誰が俺の身の安全を保証してくれるだろうか？

「だからここでは、ママゴンのポーションを使っちゃダメなんだにゃ」

「……」

キルファさんのお言葉を受け、俺はふむと考え込む。

ならばママゴンさんをここに呼ぶべきか？

いや、でも呼んだら絶対ドラゴン形態でくるだろうし、そうなると面倒《めんどう》が増えるし。

「となれば、だ」

嘆きの森の症状は風邪《かぜ》に似ている。

症状もメインは発熱とのこと。

だとすれば——

「……よし。なら別プランを試《ため》してみるか」

「シロウ？」

「キルファさんの言いたいことはわかってます。ママゴンさんのアレは使いません」

「う、うん。わかってくれたならいーんだにゃ」

「でも、他の薬ならいいんですよね？」

「え？　薬って……シロウ薬も持ってるにゃ？」

「ふっふっふ。持ってはいませんよ。いまはまだね」

「んにゃ？」

発言の意図がわからず、キルファさんが首を傾《かし》げる。

けれど俺はそれに構わず、

「キルファさん、俺ちょっとお花を摘《トイレ》みに行ってきます！　すっごく時間がかかると思うので、適当に時間を潰《つぶ》しててください」

「あ、シロウ！」

「じゃ〜、また後で〜」

俺《おれ》は駆け出し、森に入る。

木陰《こかげ》に隠《かく》れ、ばーちゃん家《ち》に繋《つな》がる襖《ふすま》を召喚《しょうかん》。

「よいしょー!!」

そして俺は、数日ぶりにばーちゃんの家へと帰るのだった。

◇◆◇◆◇

ばーちゃん家から戻った俺は、まずキルファさんと合流。

トイレが長かったけどお腹は大丈夫？　と心配されてしまった。

からの二人で一緒《いっしょ》に、森の嘆きに罹った熊獣人たちの元を訪れていた。

広めの平屋に、森の嘆きを患《わずら》った熊獣人たちが三〇人ほど。

「シロウ、あそこにバレリアがいるにゃ」

キルファさんが視線で示した先に、バレリアさんがいた。

いまも弟さんの手を握り、悲痛な顔で何度も名を呼んでいる。

「バレリアさん、」

「……ウチになにか用かい？　悪いがいまお前たちを――」

「弟さんたちのこと、俺に診《み》させて貰《もら》えませんか？」

「お前に？」

「ええ。本職の医術を修めた方には適《かな》いませんが、多少は病に対する知識があります。それに――」

俺は自信満々な顔で、手に持った紙製の箱を振《ふ》って見せる。

「それに、偶然《ぐうぜん》にも解熱《げねつ》効果のある薬を持っているんですよね」

「なんだってっ⁉」

バレリアさんの目が大きくなる。

自然と視線は俺が持つ紙の箱――風邪薬《かぜぐすり》へと向けられた。

そう。俺は一度ばーちゃん家に戻り、風邪薬を購入していたのだ。

ママゴンさんの回復薬は、効果がチート級過ぎるが故《ゆえ》に扱いが難しい。

ならば常識の範囲内《はんいない》の薬を用意すればいい、そう考えての風邪薬だった。

「お前が手に持っているそれは薬なのかい？」

「ええ。解熱効果の他にも、いくつかの症状を緩和《かんわ》する効果があります」

開け口

「っ……」

バレリアさんの顔に希望が広がるが、それも一瞬《いっしゅん》のこと。

数秒後にはギロリと俺を睨《にら》みつけていた。

「ウチに何を要求するつもりだい？」

「はい？」

予期せぬ言葉に、俺はきょとんとしてしまう。

「薬があるんだろう？　薬は高価なんだ。薬の対価に、ウチはお前に何をしたらいいのさ？」

「あ、そゆことですか」

合点《がてん》がいったぞ。

俺の勿体《もったい》ぶった仕草が、逆にバレリアさんの警戒心を刺激《しげき》してしまったようだ。

こんなん本末転倒《てんとう》じゃんね。

風邪薬なんて、日本じゃお手軽な値段で買えてしまう。

けれども、こちらの世界では薬は高価なものだ。

なのに無償《むしょう》で提供します、だなんて怪しいにもほどがあるじゃんね。

「もちろん、タダではありません」

「だろうね」

「でも俺は、あなたたちに対しなにを要求したらいいのか、なにを提供して貰えるのかをしりません」

「……」

バレリアさんが怪訝《けげん》な顔をする。

「だからこうしませんか？」

俺はそう前置きし、真剣な顔で続ける。

「もし俺が困っていたら、そのときは助けてください」

「――っ⁉」

「この薬はその前払《まえばら》いってことで。あ、助けてと言っても、無茶《むちゃ》なことは要求しませんので安心してください。それに無理そうなら、無理って言ってくれて構いません。どうでしょう？」

「……」

バレリアさんは黙《だま》り込み、やがて絞《しぼ》り出すように。

「どうして……」

「はい？」

「どうしてウチらを助ける？　ウチらを助けて、只人族のお前になんの得があるのさ？」

「みなさんを見捨てないことで、俺は俺の矜持を貫くことができます」

「……っ」

バレリアさんが驚《おどろ》いた顔をする。

「俺、小さいころからばーちゃんに言われていたんですよ」

「お前のババに？　なんて言われていたのさ？」

「ばーちゃんは事あるごとにこう言ってました。『士郎、困っている人がいたら助けておやり』ってね」

「人？　お前にとってはウチら熊獣人も『人』なのかい？」

「そりゃ人でしょ。俺もキルファも、もちろんバレリアさんも。ここにいる全員が人じゃないですか」

「――っ⁉」

見開かれたバレリアさんの目に、涙が浮かびはじめる。

「お、お前も商人なら知っているだろう。ウチらドゥラの森に住む獣人に手を貸せば、お前はオービルで商売ができなくなるんだぞ！」

「あはは。俺はギルアム王国の商人ですからね。オービルで商売できなくたって、なんの問題もないですよ」

「ウチらは貧しい！　いずれお前が望むであろう何かを渡すことができないかもしれないぞ！」

「すっごいぶっちゃけた話をすると、みなさんが元気になってくれれば俺はそれで満足なんですよ」

「……なんだって？」

「言ったでしょ。俺の矜持を貫《つらぬ》くことができる、って。俺は商人です。カネ勘定《かんじょう》が大好きな商人です。でもそんな商人だって、ときには損得よりも矜持を貫きたくなる場面に出くわします。俺にとっては、いまがそのときなんです」

「……」

黙ってしまったバレリアさんの肩を、キルファさんが叩《たた》く。

「シロウはね、すっごくすっごく……すーーーっごく優《やさ》しいんだにゃ。だからねバレリア、シロウを信じてあげてにゃ」

「……只人族が長尻尾《ケットシー》にこうまで言わせるのかい」

「シロウだからだにゃ。シロウだから、ボクは信じているんだにゃ」

「……わかったよ」

キルファさんの言葉に、バレリアさんは降参とばかりに手を上げる。

「バレリアさん、弟さんを診せてもらえませんか？」

「ああ。頼《たの》む」

バレリアさんは目元を拭《ぬぐ》い、切実な声で。

「お願いだシロウ。弟を助けておくれ」

だから俺は、自信満々な顔で頷いた。

「任せてください」

◇◆◇◆◇

森の嘆きに罹った人たちを体温計で測る。

みな一様に四二度以上を表す『H℃』と表示されたので、かなり焦《あせ》った。

けれどもバレリアさんが三九度。

キルファさんも三八度と表示されたことで、冷静さを取り戻す。

どうやら獣人は基礎《きそ》体温が高い種族のようだ。

バレリアさんとキルファさんに手伝ってもらい、森の嘆きに罹った全員に風邪薬を飲ませる。

見守ること一時間ばかり。

「……姉ちゃん？」

早くも弟さんが目を覚ました。

風邪薬の効果は覿面《てきめん》だったようで、弟さんの体温は四一度にまで下がっていた。

人間基準だと三八度ぐらいかな。

辛いっちゃ辛いけれど、無理すれば動けないほどでもない。

「マテオ！」

バレリアさんが涙を浮かべ喜び、

「姉ちゃん。……ん」

弟さんが体を起こそうとするが、

「ストーップ！　まだ寝てないとダメですよ」

俺が間に割って入り、弟さんを抱きしめようとしたバレリアさんに待ったをかける。

「どうしてだい？　マテオの熱は下がったんだろ？」

「一時的に下がっただけです。薬の効果が切れればまた熱は上がります」

「そんな……」

「だから切れるタイミングでまた薬を飲ませるんです。森の嘆きの症状が治るまで、何度でも」

「高価な薬を……何度も？」

「そう何度も。でも意識が戻ったのは幸いです。君、食欲はある？」

「……なんだお前？」

俺を見る弟さんの目は警戒心がたっぷりだ。

「君のお姉さんの……知り合い？」

「違《ちが》う。この只人族はウチの恩人だよ」

「姉ちゃんの……恩人？　只人族が？」

「そうだ。安心おし。この只人族――シロウは信じていいよ」

「姉ちゃんがそう言うなら……わかった」

弟さんがこくりと頷く。

「それで食欲はあるかな？」

「食い物がないんだ。腹なんかずっと空いてるに決まってるだろ」

ぶっきらぼうな物言いだった。

バレリアさんのお墨付《すみつ》きを貰ったとはいえ、只人族憎しな感情はそう簡単に変えられないのだろう。

「ふっふっふ。俺はその言葉を待っていたよマテオ君。キルファ！」

俺は部屋にいるキルファさんを呼ぶ。

返事はすぐにあった。

「はーいにゃ。いまオカユを用意するにゃー」

キルファさんが準備していた鍋《なべ》に水を入れ、カセットコンロを使い火にかける。

水が沸騰《ふっとう》したところでレトルトパックのお粥《かゆ》を投入。

お粥を温めると同時に沸騰したお湯が気化し、室内の湿度《しつど》を上げるという寸法だ。

喉が痛いとき、湿度って地味に重要だもんね。

「できたにゃ！」

温まったお粥の封《ふう》を切り、お椀《わん》に移す。

スプーンを添《そ》えて弟さんに手渡《てわた》す。

「……これは？」

「オカユってゆーにゃ。おいしーよ」

「……」

弟さんが手渡されたお粥を見て、次にバレリアさんを見上げる。

自分だけ食べて良いのか？　そんな顔をしていた。

バレリアさんは優しい顔で頷く。

「お食べ。ウチらのことは気にしなくていいからさ」

「う、うん」

お粥をスプーンで掬《すく》い、まず一口。

瞬間《しゅんかん》、弟さんの目が大きくなった。

「うまい！　うまいよ姉ちゃん!!」

「そうかい。そうかい。……よかったねぇ」

「あぐっ。んぐっ、んっぐ」

まだ熱があるのに、見事な食べっぷりだった。

よほど飢《う》えていたとみえる。

「……なんの香りだ？」

「食い物が……あるのか？」

「腹ぁ……減ったなぁ」

風邪薬の効果か、はたまたお粥の香りに釣《つ》られたのか、森の嘆きで伏《ふ》していた熊獣人たちが、次々と目を覚ます。

「キルファ、追加をお願いします」

「うん！　シロウから渡《わた》されたオカユ、ぜーんぶ入れていいにゃ？」

「もちろんです。じゃんじゃんいきましょう」

「わかったにゃ」

キルファさんが、鍋にどぽんどぽんとレトルトパックのお粥を投入していく。

鍋が一つじゃ足りなそうだったので、

「バレリアさん、火を熾《おこ》せるような場所ありますか？　あと出来れば湯を沸《わ》かせる鍋なんかもあると嬉《うれ》しいです」

「共用の竈《かまど》がある。案内するよ。ついてきな」

「お願いします」


そこからはめちゃんこ忙《いそが》しかった。

大鍋《おおなべ》でお粥のレトルトパックを温め、まずは病人に。

病人のお腹が膨《ふく》れたら、次は里の人たち全員に。

空腹の人にいきなり食べさせてはいけないそうだけれど、どうやら熊獣人の胃袋《いぶくろ》と内臓は強いみたいで、俺が用意したお粥を全て食べきってしまったのだ。

それだけではない。

セレスさんとママゴンさん、それにすあま用にと用意していた大量の食料までぺろりと平らげる。

おかげで追加の買い出しをするため、もう一度ばーちゃん家に戻らなければいけなかったほどだ。

嵐《あらし》のような忙しさであっという間に一日が過ぎ、二日が経《た》ち、迎《むか》えた三日目の朝。

「あぁ……マテオ！　よかった。よかったよぉ」

「や、やめろよ姉ちゃん。おれはもう大丈夫なんだからさ」

バレリアさんの抱擁《ほうよう》に、恥ずかしさを滲《にじ》ませる弟さんがいた。

森の嘆きから完全に回復したようだ。

弟さんだけではなく、森の嘆きに罹っていた全員が回復していた。

「シロウ、それにキルファ。ウチらルグゥの里を助けてくれて、ありがとう」

バレリアさんは涙を拭いもせずに感謝の言葉を述べ、そして笑うのだった。

幕間《まくあい》

只人族《ヒューム》のシロウと、ヅダの里のキルファが病に伏せる同胞《どうほう》を救ってくれた。

一方は憎《にく》むべき種族。もう一方は森の掟《おきて》を破った里の者ではあるが、この二人は別だ。

恩人に対する礼として、熊獣人たちは里を挙げて二人を持て成した。

とはいえ、情けないことに里には二人を持て成すだけの食料がない。


『その気持ちだけで十分ですよ。それに食べものなら俺が持ってますしね』


食べものは恩人であるシロウが用意してくれた。酒もだ。

シロウは商人だと名乗り、背負い袋《ぶくろ》から次々と食べものを取り出してみせた。

バレリアは知っている。

お目にかかるのは初めてではないが、あの背負い袋は収納の魔法《まほう》が施《ほどこ》された魔道具《マジックアイテム》なのだろう。

冒険者時代《ぼうけんしゃじだい》に聞いた話では、なんでも付与《ふよ》された魔法の位階により収納できる量が変わるのだという。

シロウは里中の胃袋を満たすほどの食料を出していた。

馬車の一台や二台じゃ足りないほどの量だ。

おそらくは、かなり高位の術者が創った魔道具。

——あの魔道具を売れば大金が手に入るぞ。

もしそんな事を考える馬鹿者がいたら、バレリアは迷わずそいつの首をへし折るつもりでいた。

恩には恩で報《むく》いる。

それが熊獣人の矜持《きょうじ》なのだから。

里の広場の中心に薪《まき》を積み、火を熾した。

皆《みな》で輪になり燃えさかる炎《ほのお》を囲む。

誰かが笛を吹《ふ》き始め、そこに太鼓《たいこ》が加わる。

古くから伝わる曲が奏《かな》でられると、誰もが歌い、踊《おど》り、そして笑い合った。

バレリアは思う。


——こんなにも賑《にぎ》やかな夜は何年ぶりだろうか？

腹が満たされるだけで人は幸せなのだと、そんな当たり前なことをバレリアは忘れていたのだ。


一番の恩人であるシロウの回りには、いつの間にか人集《ひとだか》りができていた。

美味《うま》い酒を持っているのも理由の一つだろう。

甘《あま》い菓子《かし》を持っていたことも理由の一つだろう。

特に子供たちなどはシロウの行く先々についていき、一緒に遊ぼうとせがんでいるではないか。

只人族なのに、とんだ人誑《ひとたら》しがいたものだ。

一人、輪から外れた場所に座《すわ》るバレリアは、温かな火に照らされた同胞たちの顔を眺《なが》める。

誰もが笑顔《えがお》になっていた。

同胞の笑顔を奪《うば》ったのがオービルの只人族ならば、笑顔を取り戻したのもまた只人族だったのだ。

こんな皮肉はないだろう。

「バレリア、お酒のおかわりいるにゃ？」

隣《となり》にやってきたキルファの手には、酒が入った硝子《ガラス》の瓶《びん》が握《にぎ》られている。

酒の容《い》れ物に硝子を使うだなんて。まるで貴族か王族ではないか。

「ああ、もらおうか」

「んにゃ」

キルファは空になったバレリアの杯《さかずき》に酒を注ぎ、自分の杯にも注ぎ、そのまま地面に腰《こし》を下ろす。

「バレリア、乾杯《かんぱい》するにゃ」

「乾杯？」

「うん。みんなが元気になったお祝いにゃ」

「フフッ……。しょうがないね。乾杯」

「かんぱーいにゃ」

キルファとバレリアは向かい合い、杯を打ち合わせる。

「……この酒も美味いね」

「でしょ？　シロウのお酒はボクがいるギルドでも人気なんだよ」

「あんたんとこのギルドじゃ、こんな美味い酒が毎日飲めるのかい？」

「そうにゃ。最初はエールしかないギルドだったんだけどね。シロウが――……」


キルファは話した。

ニノリッチは辺境にあるため、満足に酒も手に入らなかったこと。

そこにシロウが酒の販売《はんばい》をはじめ、王都でもお目にかかれない銘酒《めいしゅ》の数々を楽しめるようになったこと。

シロウの酒目的でニノリッチに居着いてしまった冒険者も多いこと。

楽しそうに語るキルファを見て、バレリアの頬《ほお》が緩《ゆる》む。

「キルファ、あんたは本当にシロウのことが好きなんだねぇ」

「にゃっ⁉」

「ん？　なにを恥《は》ずかしがることがあるのさ。シロウとあんたは所帯を持つんだろ？」

「う、うん。そそそ、そーだにゃ。ボクはシロウとケケ、ケッコンするんだにゃ」

顔を赤くし焦り出すキルファを見て、バレリアは不思議に思う。

——ずいぶんとおぼこい娘《むすめ》じゃないのさ。

一方でキルファは焦っていた。

シロウと相談し、森を出るまで——なんならニノリッチに戻《もど》るまでは『婚約者《こんやくしゃ》のフリ』をすると決めてある。

何処《どこ》で誰が見ていないとも限らないからだ。

けれども、たまにこうした不意打ちがくる。

その度《たび》にキルファは顔を赤くし、慌《あわ》てふためいていた。

「シロウは只人族なのにいい男だね。あんたがいなきゃウチが婿《むこ》に欲《ほ》しいぐらいさ」

「ダ、ダメにゃ！」

「安心しなよ。人のモノを盗《と》るほど落ちぶれちゃいないからね」

「……うん」

皆の笑い声が聞こえてくる。

「……」

「……」

バレリアとキルファは、いつしかシロウを目で追っていた。

里の子供たちと追いかけっこをはじめたようだ。

逃《に》げ回る子供をシロウが全力で追いかける。

必死の形相で追いかけている。

大人げがないと言えばそれまでだが、ぜんぜん捕《つか》まえられないものだから、眺めている大人たちから笑い声が上がっていた。

シロウという男は、そこにいるだけで周囲を笑顔にするのだ。

「ウチはルグゥの戦士長だからね。狩《か》りや戦いに出るウチの代わりに、家を守ってくれる旦那《だんな》を探しているんだけど……これがなかなか見つからなくてねぇ」

「バレリアもお婿さんを捜《さが》しているにゃ？」

「いけないかい？　ウチももう二三歳《さい》だからね。いい加減婿を見つけろと、里長《さとおさ》にきつく言われているのさ」

久しぶりの酒なんだ。

ウチも酔《よ》っているのだろうね。

バレリアは自嘲《じちょう》気味に笑い、続ける。

「それにね、こう見えてウチは子供の頃から惚《ほ》れた相手と結婚《けっこん》するのが夢だったんだ」

「え！　バレリアも？」

「ああ。……ん？　『も』ってことはキルファもかい？」

「うん。ボクね、許嫁《いいなずけ》がいたんだけどそいつのことが大《だい》っ嫌いでね」

キルファの言葉でバレリアは思い出す。

確か猫獣人《ねこじゅう》はヅダの里とナハトの里、それぞれの里長の直系を夫婦《ふうふ》にしようとしていたな、と。

「だからね、大っ嫌いな許嫁から、ボクを救い出してくれる勇者《ヒーロー》が現れてくれるのをずっと待っていたんだにゃ」

この日はキルファも酔っていた。

胸にしまっていた秘密が、ぽろぽろと零《こぼ》れ落ちてくる。

「それでね、ボクは最高にカッコイイ勇者と結ばれて、毎日同じベッドで寝《ね》て、幸せな夢を見るんだにゃ」

「その勇者殿《どの》が、あのシロウってわけかい」

「うん！」

眩《まぶ》しい笑顔だった。

只人族のシロウを、心から信頼《しんらい》している笑顔だった。

バレリアとキルファは話し続けた。

森のことやオービルのこと。只人族や他の獣人たちのこと。

そして——恋《こい》のこと。

バレリアはキルファが妹のように思えてきて、キルファはキルファでバレリアのことを姉のように思いはじめていた。


——みんながバレリアのこと『姐《あね》さん』って呼ぶわけにゃ。


一度弾《ひとたびはず》みはじめた会話は止らなかった。

幸いなことに、皆も夜通し騒《さわ》ぐつもりのようだ。

美味い酒と美味い飯がある。

何年もの間、哀《かな》しみと辛い夜に耐《た》えてきたのだ。

今日ぐらい楽しい夜を過ごしても罰《ばち》は当たらないだろう。

「バレリアさん」

泥《どろ》だらけになったシロウがやってきた。

さっき子供たちに追いかけられていたとき、派手に転んだのだ。

「どうしたシロウ？　子供と遊ぶのは終わりかい？」

「俺じゃまるで相手にならなかったようで、いまは子供たちだけで遊んでますよ」

見れば、子供たちだけで追いかけっこをしていた。

すぐ捕まるくせに、逃げる子供をぜんぜん捕まえられないシロウはお役御免《ごめん》となったそうだ。

「それよりバレリアさん、」

「なんだい？」

「子供たちが言ってましたけど、森の嘆《なげ》きに苦しんでるのはルグゥの里だけではないそうですね。他の獣人たちも苦しんでいると、子供たちから聞きました」

「森の嘆きは、ドゥラの森に住む者なら誰《だれ》が罹《かか》ってもおかしくないからね。でもそれがどうしたんだい？」

バレリアの問いかけに、シロウは何でもないとばかりに。

「いえ、せっかくなら他の里も回って森の嘆きを治そうかなって。あと食べ物なんかも配りたいですね」

「っ⁉」

「それでバレリアさんに頼みたいことがあるんです」

「ど、どんな頼みさ？」

出会ってからまだ三日しか経っていないけれど、バレリアはシロウが何を言おうとしているのかがわかった。

「他の里まで案内してくれませんか？　あと、できれば間に立って仲介《ちゅうかい》してもらいたいです。ほら、俺だと――只人族だと警戒《けいかい》されてしまうので」

「……」

呆気《あっけ》にとられたバレリアが、隣のキルファに視線を移す。

キルファは嬉しそうに、そして頼もしそうにシロウのことを見つめていた。

バレリアは肩《かた》をすくめる。


――なるほどね。このシロウって男は、確かに『勇者殿』だよ。

第一五話　遭遇戦《そうぐう》

バレリアさんに案内され、俺はいくつもの里を訪《おとず》れた。

魔狼族《まろうぞく》と妖狐族《ようこぞく》。犬人族《けんじんぞく》に虎人族《ハイ・ケットシー》。

どの里も熊獣人と同じように飢え、痩《や》せ細《ほそ》っていた。

森の嘆きに罹っている人も多かった。

俺はキルファさんとバレリアさん、それに手伝ってくれる熊獣人たちと手分けして薬を配って回る。

薬を飲ませ、お粥を食べさせる。

獣人の生命力は強く、誰も彼《かれ》もが数日で回復し元気を取り戻していた。

それらを見届けてから、俺たちは次の里——最後の賢猿人《ショウジョウ》の里を目指す。

「最後は賢猿人の里ネレジだよ。連中は他の獣人以上に只人族《ヒューム》を憎悪《ぞうお》してるから気をつけるんだね」

「憎悪ときましたか。そこまで只人族のことを?」

「賢猿人はオービルの政策に一度楯突《たてつ》いていてね。ウチら熊獣人よりも税が厳しくなったもんだから、若い娘までオービルへ働きに出すしかなかったって話さ」

「なんで若い娘なんだにゃ？」

「どこにでも物好きはいるってことだろうよ」

「っ……」

バレリアさんの回答に、キルファさんが俯《うつむ》いてしまう。

「大切な誰かを弄《もてあそ》ばれたら、シロウならどう思うさ？」

「ぶっ殺案件ですね」

「ボクも！　ボクもぶっ殺なんだにゃ」

「だろ？　つまりはそういうことさ」

「……気をつけます」

どの里も最初は俺《おれ》への、そして猫獣人であるキルファさんへの警戒心《けいかいしん》が強かった。

犬人族の里では出会った瞬間、石を投げられた。

虎人族の里ではいきなり槍《やり》を突《つ》きつけられもした。

その度《たび》にバレリアさんが間を取り持ってくれ、なんとか事なきを得たのだ。

でも最後には俺たちを信じてくれて、別《わか》れ際には涙《なみだ》を流して手を振《ふ》ってくれる人までいた。

俺としては風邪薬《かぜぐすり》を飲ませ、お粥を食べさせただけだ。

なのに皆一様に『恩人』とか言ってくるから、背中がむず痒《がゆ》くなって仕方がなかった。

「さて、ここを抜《ぬ》ければもうネレジ――」

あと少しで賢猿人の里に到着《とうちゃく》する。

そんなタイミングでのこと。


グガアアアアアアアアッッッ!!


突如《とつじょ》、何者か――いや、なにかの叫《さけ》び声が森に響《ひび》き渡った。

「この咆吼《ほうこう》は……」

警戒を滲ませるバレリアさん。

その言葉をキルファさんが引き継《つ》ぐ。

「オーガだにゃ!!」

俺たちはそろりそろりと、オーガに見つからないように気をつけながら賢猿人の里に近づく。

木陰《こかげ》から覗《のぞ》くと、そこは複数のオーガによって滅《ほろ》ぼされかけたネレジの里があった。

半壊《はんかい》した家屋。

燃え上がる家。

血を流し倒《たお》れている賢猿人。

避難《ひなん》したのか、それとも声を押《お》し殺し隠《かく》れているのか。

悲鳴や助けを呼ぶ声は聞こえない。

『ガァアアアアアッッ!』

我《わ》が物顔《ものがお》で雄叫《おたけ》びを上げるオーガ。

オーガの周囲には、武器を手にした賢猿人が何人も地面に倒れ伏していた。

なかには一目で絶命しているとわかる者も。

「いち、にー、さん、しー……全部で六体もいるにゃ」

さすがは凄腕《すごうで》の冒険者。

目の前の光景に流されず、キルファさんが冷静にオーガを数える。

五体は体長三メートルほど。

残る一体に至っては三・五メートルはありそうだ。

「さてキルファ、あんたはどうしたい？」

バレリアさんが静かに問う。

俺に訊《き》いてこないあたり、最初から戦力に数えられていないのだろう。

「とーぜん戦うにゃ」

「相手は六体。内一体はおそらくハイ・オーガだよ？　それでも戦うつもりかい？」

バレリアさんの問いに、キルファさんは迷いなく頷《うなず》く。

「まだ生きてる賢猿人もいるはずにゃ」

「いるだろうね」

「なら助けないとダメにゃ」

キルファさんは「それに、」と続ける。

「ボクだけじゃオーガを一体相手にするのがせいぜいにゃ。でも――」

キルファさんは俺を見つめ、にこりと笑う。

「シロウのアイテムがあれば、ボクたちだけでも十分に戦えるにゃ」

「アイテムだって？　シロウ、あんたオーガと戦えるようなアイテムを持っているのかい？」

バレリアさんが驚《おどろ》いた顔で俺を見つめる。

「俺にとっては護身用程度の代物《しろもの》でしかないんですが、キルファのような凄腕の冒険者が使うと対モンスター戦で大いに役立つようでして」

「シロウ、アレだしてアレ。ぷしゅーってするヤツ」

「ぷしゅー？　ああ、スプレーのことですね」

「それにゃ！」

俺は背負っていたリュックを下ろし、手を突っ込《こ》む。

リュックの中で空間収納《くうかんしゅうのう》を発動。

クマ避《よ》けスプレーを取り出し、キルファさんに渡す。

熊獣人のバレリアさんが一緒《いっしょ》にいる手前、なんとなく「クマ避け」の部分は伏せておいた。

「行ってくるにゃ！」

「気をつけてくださいね！」

「うん！」

木陰からキルファさんが飛び出す。

大地を蹴《け》り一瞬《いっしゅん》でトップスピードへ。

『グガッ⁉』

オーガがキルファさんに気づいた。

だが遅《おそ》い。

キルファさんとオーガの距離《きょり》は三メートル。

すでにクマ避けスプレーの射程内だ。

「喰《く》らうにゃーっ‼」

プシューーーッ‼

オーガの顔面にクマ避けスプレーを吹きかける。

見事直撃《ちょくげき》。

『グルガァッ⁉』

クマ避けスプレーの成分は、唐辛子《とうがらし》の辛味《からみ》であるカプサイシン。

異世界《こちら》に生息するモンスター相手にも十二分に効果がある。

そして視界を奪うことができれば、強敵が相手でも有利に戦いを進めることができるのだ。

『グガァッ!?　グゥゥ——ガアァァカッッッ!?』

クマ避けスプレーを吹きかけられたオーガが、両手で顔を抑《おさ》え地面を転がり回る。

「どんどんいくにゃ！」

プシュー ッ！

プシューーーッ!!

二体。三体。クマ避けスプレーが空になる。

空になったスプレーを投げ捨てたキルファさん。

俺に向かって叫ぶ。

「シロウ！」

「受け取ってください！」

二本目のクマ避けスプレーを全力投球。

オーガの攻撃《こうげき》を避け、跳《と》び上がったキルファさんが空中でキャッチする。

「えーーーいにゃっ！」

プシューーーーーーッ!!

四体目のオーガにもクマ避けスプレーを直撃させ無力化に成功。

しかし、

「このっ」

続く五体目には避けられてしまった。

オーガもクマ避けスプレーが危険な武器であると認識《にんしき》したようだ。

それだけではない。

オーガは僅《わず》かに息がある賢猿人を掴《つか》むと、

『ガアァァッ!!』

そのままキルファさんへと投げつけたではないか。

飛び道具《スプレー》には飛び道具《投てき》ということか。

「んにゃっ!?」

避けることもできただろう。

けれどもキルファさんは避けずに賢猿人を受け止めた。

勢いを殺しきれなかったキルファさんが賢猿人ごと倒れ、地面を滑《すべ》っていく。

その隙《すき》にオーガが距離を詰《つ》めてきた。

「危ないっ!!」

「にゃっ!?」

オーガの拳《こぶし》がキルファさんに振り下ろされようとした、その瞬間——

「どっせい!!」

『グガァ⁉』

バレリアさんがオーガにタックルをぶちかました。

体格差をものともせずにオーガを組み倒すと、

「ウチらの森でずいぶんと好き勝手やってくれるじゃないのさっ！　こいつはお仕置きだよ。ふんっ!!」

馬乗りになって拳を叩《たた》き込んだ。

熊獣人だけあってそのパワーは凄《すさ》まじく、凶悪《きょうあく》なモンスターであるはずのオーガを素手《すで》で殴《なぐ》り殺す勢いだ。

いや、事実殺すつもりで殴っているのだろう。

これで五体を無力化。

残るはハイ・オーガと呼ばれた上位個体のみ。

だが――

『グルゥゥ』

キルファさんと対峙《たいじ》したハイ・オーガが、獰猛《どうもう》な笑《え》みを浮《う》かべる。

仲間がのたうち回っているのに。

仲間が組み伏され殴られているのに。

気にもしていないようだった。

「やっべー……」

直感でわかる。

あいつはヤバイ。

かなりヤバ目なモンスターだ。

俺は空間収納からママゴンさんの魔笛《まてき》を取り出した。


――いまこそママゴンさんを呼ぶべきだ。


そんな直感から笛を吹こうとしたときだった。

「ここにいたかシロウ君！」

突如、イケメンの声が聞こえた。

振り返れば、ブロードソードを抜いたイケメンがこちらに向かって駆《か》けている。

「デュアンさん⁉　どうして――」

「話は後だ。あのオーガは僕《ぼく》が引き受けよう。ハァッ‼」

デュアンさんは俺の横を駆け抜け、そのままハイ・オーガに斬《き》りかかった。

とてもイケメンなワンシーン。

俺が乙女《おとめ》だったら惚れること間違《まちが》いなしなシチュエーション。

でも、どうしてデュアンさんがここにいるのだろう?

そんな疑問に答えたのは、

「捜したぞシロウ」

「セレスさんまで?」

「使《つか》い魔《ま》の気配を辿《たど》ってきてみれば、まさかオーガと遊んでいるとは、な」

続いて現れたセレスさんだった。

どうやら俺の影《かげ》に潜《ひそ》ませた使い魔を発信器代わりに、ここまでやってきたようだ。

「セレスさん、どうしてここに?」

「貴様たちの帰りが遅いとアイナが泣き出してな。あの只人族《デュアン》と一緒にシロウを捜しに来たのだ」

当初、俺とキルファさんは三日四日ぐらいでオービルに戻る予定でいた。

けれども飢《う》えと病に苦しむ獣人たちを救っていたため、ドゥラの森での滞在《たいざい》日数が長くなってしまった。

さすがに心配したアイナちゃんが、俺とキルファさんを捜すように頼《たの》み、捜索隊《そうさくたい》としてデュアンさんとセレスさんが選ばれたのだという。

なお厳正なくじ引きの結果、ママゴンさんはお留守番になったそうだ。

そのことを語るセレスさんはとても楽しそうだった。

「キルファ嬢《じょう》、僕に合わせてくれ！」

「わかったにゃ！」

キルファさんとデュアンさんがタッグを組み、ハイ・オーガと互角《ごかく》の戦いを演じている。

そこに組み倒したオーガと、クマ避けスプレーにより視界を奪われたオーガを始末したバレリアさんが合流する。

「キルファ、こっちの只人族はなんだい？」

『ガァァッ!!』

「ボクとシロウの仲間にゃ」

『グルゥゥゥ』

「よろしく熊獣人のお嬢さん。僕の名はデュアン・レスタードだ」

『ガァァッ!!』

「ウチはルグゥの里のバレリアだ。只人族の剣士《けんし》、気を抜くんじゃないよ！」

ハイ・オーガと戦いながらも会話をする余裕《よゆう》がある三人。

なんなら自己紹介《しょうかい》までしているじゃんね。

「セレスさんは戦わないんですか？」

「私が多対一の戦いを好むと思うか？」

「思いませんね。どちらかと言うと、セレスさんは多人数を一人で倒すことに喜びを見いだすタイプですもんね」

「ほう。良く分かっているじゃないか」

「そこはほら、セレスさんも俺の友だちですから」

「くっくっく。私とシロウが友だち、か」

「はい。でしょ？」

「そうか。そうだったな」

「ええ。そうですよ」

俺とセレスさんが見守るなか、ハイ・オーガは三人によって倒されるのだった。

第一六話　さよなら

暴れていたオーガは倒した。

「シロウ君、生存者はこれで全部だ。可能な限り回復魔法《まほう》もかけておいたよ」

「ありがとうございます」

オーガと戦った賢猿人《ショウジョウ》の戦士たちは、その多くが命を散らしていた。

それでも生存者はいた。

デュアンさんが回復魔法を使えたこともあり、息のあった者はなんとか一命を取り留めたのだ。

さすがに瀕死状態《ひんし》の人には、こっそりママゴンさんの回復薬《ポーション》を使ったけれどね。

瀕死で意識は朦朧《もうろう》としてたし、誰にも見られてないからセーフなはず。

……セーフだと信じたい。

生存者から聞いた話によると、賢猿人の多くは襲撃《しゅうげき》があってすぐに避難したらしい。

傷の癒《い》えた者が呼びに行き、オーガが倒されたことがわかると、避難していた賢猿人たちは里に戻ってきた。

「あんた……あんたぁっ!!」

「どうしてこんなことに……」

「あぁ……。母親より先に逝《い》くなんて酷《ひど》い子だよ」

同胞《どうほう》が逃げる時間を、命を賭《と》して稼《かせ》いだ賢猿人の戦士たち。

物言わなくなった彼らを抱《だ》きかかえ、残された者たちは悲しみに暮れていた。

そしてそんな光景を、キルファさんはじっと見つめていた。

「……」

壊《こわ》れた家屋を、物言わぬ戦士を、悲しみに暮れる残された家族を。

キルファさんは、ただじっと見つめていたのだ。

たぶん、キルファさんはいま――

「……うん。ここで励《はげ》まさなきゃ仲間じゃないよね。よっし」

俺は気合を入れ、キルファさんに近づいていく。

「キルファ」

「……」

「キルファー」

「……ん？　あ、シロウ？」

俺の呼びかけに気づいたキルファさんが、こちらを向く。

キルファさんは、いつものように微笑《ほほえ》もうとして――

「あ……」

上手くいかなかったようだ。

笑っているような、泣いているような、どっちつかずな顔だった。

それでもなんとか微笑もうとして……やがて諦《あきら》めたようだ。

「シロウ……」

俺を呼ぶキルファさんは、いまにも泣き出しそうだった。

幸いにも、周囲に人はいない。

なのでいつものように呼ぶことに。

「キルファさん、大丈夫《だいじょうぶ》ですか？」

「……んーん。あんまりだいじょーぶじゃないにゃ」

「こんな状況《じょうきょう》ですもん。仕方ないですよ」

「うん。シロウのことだから気づいてるよね？　ボクね、賢猿人たちを見て……オーガに襲《おそ》われた、この里を見てね」

「はい」

キルファさんの目に涙が浮かぶ。

「ボクの……ヅダの里も、オーガに襲われたらこーなっちゃうんじゃないかって。そう考えたら怖《こわ》くなっちゃったんだにゃ」

キルファさんは頭を俺の胸にくっつけると、静かに泣き出した。

オーガに襲われた賢猿人の里。

熊獣人の里でも、飢えている人たちを見てキルファさんは不安に駆られていた。

自分がサジリ氏と結婚しなければ、いずれヅダの里もこうなるのではないかと。

「大丈夫ですよ」

俺はキルファさんの震《ふる》える肩に、優《やさ》しく手を置く。

「シロウ……」

キルファさんは、涙でびしょびしょになった顔で俺を見上げる。

俺は大きく頷いてみせる。

「前にも言いましたよ。みんなと力を合わせればきっとなんとかなります」

「……なるかにゃ？」

「なりますよ。それに俺にはいい考えがあるんで――」

キルファさんを励ましている最中だった。

突然《とつぜん》、

「見ろ！　向こうで煙《けむり》が上がっているぞ！」

賢猿人の一人が声を上げる。

彼が指さす方角を見れば、確かに森の奥《おく》から黒い煙がもくもくと上がっていた。

煙を見た誰かが呟《つぶや》く。

「あれは猫獣人の里じゃないか？」

この言葉に反応したのはキルファさんだ。

「っ!?」

キルファさんが涙を拭《ぬぐ》い、煙を見つめる。

「そんにゃ……」

キルファさんは呆然《ぼうぜん》と。でもハッキリと。

「ボク、ヅダの里に行ってくるにゃ！」

瞬間《しゅんかん》、キルファさんは駆け出した。

「ちょ――キルファ!!」

「シロウはここにいるにゃ!」

「いや、でも待っ――キルファーーー!!」

俺の制止は届かず、キルファさんは駆け出すのだった。

◇◆◇◆◇

俺とバレリアさんは、キルファさんを――ヅダの里を目指し森を疾走《しっそう》していた。

キルファさんがヅダの里に向かった。

そう伝えると、バレリアさんは俺を肩に担《かつ》ぎ、

「追うよ」

と短く言い、走り出したのだ。

その疾走は羆《ひぐま》のように荒々《あらあら》しく、あばらとか背骨とか折れちゃいそうな勢いだったけれど、俺だって男の子。

痛みに耐え、キルファさんに追いつけるよう願った。

「さすがは長尻尾《ながしっぽ》だよ。速いね。このウチがぜんぜん追いつけない」

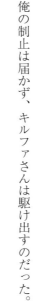

力任せに爆走《ばくそう》するバレリアさん。

対してキルファさんは、木々の間を縫《ぬ》うようにして疾走している。

キルファさんの小さく見えた背中がもっと小さくなり、いつしか完全に見えなくなった。

「安心しな。ヅダの里の場所ならウチも知っている」

「たしゅかりま――――」

「喋《しゃべ》らない方がいい。舌を噛《か》むよ」

俺は歯を食いしばり、振動《しんどう》に耐えた。

デュアンさんはセレスさんと共に賢猿人の里に残り、オーガの再襲撃を警戒してくれるとのこと。

獣人たちの置かれた状況を説明してないのに、イケメンの判断力は適確じゃんね。

「もうすぐだよ」

バレリアさんに担がれ、森を駆けること三〇分ばかり。

やっとヅダの里に到着した。

「……ここもオーガに襲われたようだね」

いくつかのツリーハウスが地に落ち、燃えている。

力任せに殴られたのか、へし折れている木も多い。

大地には折れた矢や槍。ダガーナイフやショートソードなんかが転がっていた。

オーガと戦ったのだろう。

「キルファはどこに……?」

「向こうに長尻尾たちがいるようだよ」

「俺たちも行ってみましょう」

バレリアさんが指し示した先に、猫獣《ねこじゅう》人の人だかりができていた。

賢猿人の里とは違《ちが》い、ヅダの里の住民は無事なようだ。

「……驚いたね」

バレリアさんが目を大きくする。

俺もまったくの同感。

なぜなら里の中心には、打ち倒されたオーガが一〇体ばかり躯《むくろ》となって転がっていたからだ。

「いったい誰がオーガを……?」

里長《さとおさ》は「里には狩人《かりゅうど》がいない」、と言っていた。

ではこのオーガはどういうことだろうか?

俺は辺りを見回す。

キルファさんは――――いた。

遠巻きに見守る猫獣人たちの輪の中心で、キルファさんが誰《だれ》かと話をしている。

「おーい。キル――」

キルファさんを呼ぼうとした直前、

「んぁ？　お前は……」

キルファさんと話していた相手がこちらを向いた。

「おいおいおい。こいつは驚いたぜェ。俺様からキルファを奪《うば》った只人族《ヒューム》じゃねーか」

ニタァと笑うサジリ氏。

どうやらキルファさんは、サジリ氏と話をしていたようだった。

「何しにここへ来たんだァ？　まさかキルファのケツを追いかけてきたのかァ？」

ぎゃははと笑うサジリ氏の全身は、血で赤く染まっていた。

オーガを倒したのが誰なのか、一目でわかるほどに。

「……シロウ？」

俺に気づいたキルファさんがこちらを向く。

何かを諦めたような、そんな顔をしていた。

「キルファ。いまそっちに――」

行く、そう続けようとした俺を、近くにいた猫獣人が突き飛ばす。

「ちょっと。いきなりなにをするんですか？」

「只人族がキルファに近づくな」

突き飛ばした猫獣人の老人が吐《は》き捨てるように言う。

彼だけではない。

この場にいる猫獣人たち全員が俺を睨《にら》みつけ、いまにも襲い掛《か》かってきそうな雰囲気《ふんいき》だった。


——いったいどうしてこんなことに？


呆然とする俺を見て、サジリ氏の高笑いが響く。

「ぎゃははははっ！　言ってやれよキルファ。もう只人族のお前はお呼びじゃないってよォ。二度とその汚ねェ面《ツラ》を見せるなってよォ」

「……」

「キルファ！　これは——これはどういうことですかっ？」

「シロウ……ごめんにゃさい」

「……え?」

「ボク、シロウをお婿《むこ》さんにできなくなっちゃった」

「いや、なにを言って――」

なにかがおかしい。

そう思い一歩近づくも、こんどは女性の猫獣人に蹴り飛ばされる。

「シロウ、ボクね。サジリと結婚《けっこん》することにしたんだにゃ」

「――っ」

「だからね……」

キルファさんの肩《かた》が震えている。

必死になってなにかに耐《た》えているようだった。

「ネスカたちに、ボクの代わりに伝えてほしーんだにゃ。もう戻《もど》れないって。あと……」

キルファさんは寂《さび》しそうに微笑み、

「シロウとの約束、守れなくてごめんにゃさい」

俺に別れを告げるのだった。

幕間《まくあい》

ヅダの里から黒い煙が上がっている。
キルファは幼き日に教えられたことを思い出す。
あれは煙ではない。あれは狼煙《のろし》だ。
黒は災《わざわ》いを示す。
つまり、里が何かに襲われているということだ。
キルファは走った。
全力で森を駆けた。
とーちゃんにかーちゃん。
弟のダッヅと妹のファニ。
それにババ様。
お願い。どうか無事でいて。
キルファは走る。

いままでの人生でこんなにも走ったことはなかった。

心臓が破れてしまいそうだ。

呼吸も苦しい。

でも足を止めるわけにはいかない。

里に着いた。

果たして里のみんなは――


「いよぉキルファ。お前も来たのかよ」

無事だった。

サジリがオーガの首から小剣《ショートソード》を引き抜《ぬ》く。

「でも一足遅かったな。オーガはもう片付けたぜェ」

「サジリ……?」

「ハッ。一応は約定《やくじょう》だからな。情けないヅダの里の連中の代わりに、俺様《おれ》がオーガをぶっ殺したってわけよォ」

サジリは全身を赤く染めていた。

地面に転がっているオーガの血だ。

サジリはたった一人で、一〇体以上のオーガを倒《たお》してみせたのだ。

ヅダの里の皆《みな》がサジリに頭を垂れる。

「ありがとうございますサジリ殿《どの》！」

「サジリ殿！　我ら猫獣人の勇者よ！」

「どうかヅダの里をお守り下さい‼」

まるで英雄《えいゆう》かのように称《たた》えていた。

「ハッ」

小剣の血を拭い、鞘《さや》に納めたサジリが近づいてくる。

「キルファ、俺様がヅダの里を助けるのはこれが最後だ。何故《なぜ》かはわかるよなァ？」

「……ボクが、サジリと結婚しないからでしょ？」

「そうだ。その通りだ。ヅダの里が約定を違えるなら、俺様たちナハトの里が約定を守る理由がない。だろ？」

「っ……」

キルファは唇《くちびる》を噛みしめる。

ヅダの里の者たちは、皆サジリの言葉を聞いていた。

自分たちが、もう助けてもらえないかもしれないことも。

「でもなァ……俺様は優しく、そして懐《ふところ》が深い。賢《かしこ》いキルファならわかるよなァ？」

サジリがキルファの頬《ほお》に触《ふ》れる。

今度は払われなかった。

「キルファよぉ、俺様の妻になれ。お前が妻になるのなら、俺様がこのヅダの里を守ってやろう。森に湧《わ》いたオーガも、理不尽《りふじん》を押《お》し付ける只人族《ヒューム》も、みんなみんな俺様がぶっ殺してやる」

「……」

「だが、もしお前が俺様の愛を拒《こば》むなら……今日で終《しま》いだ。ナハトとヅダの約定はなくなり、俺様たちナハトの里は、今後一切《いっさい》ヅダの里と関わらねェ」

「……」

「それでもいいのかァ？」

「……」

飢えに苦しむルグゥの里を見た。

病に苦しむ獣人たちを見た。

そして、オーガと戦った賢猿人《ショウジョウ》たちの最期《さいご》も。

「……ん？　どうしたキルファ？　返事を聞かせろよォ」

心残りはたくさんある。

『…………食べ物、いる?』

里を飛び出したばかりのころ。
お腹《なか》を空《す》かせたボクに、ネスカはご飯をくれた。

『だっはっは。猫獣人だとか、技術《スキル》がねぇとか、それがどうしたってんだよ。おれたちの仲間になってくれんなら大歓迎《かんげい》だぜ』

何もできないただの子供だったボクを、ライヤーは仲間に誘《さそ》ってくれた。

『……終わりました。これなら傷跡《きずあと》も残らないでしょう。ですが……キルファ殿、今後は無理をせずに体を大切にしてください』

怪我《けが》ばかりするボクに、ロルフは懸命《けんめい》になって治癒魔法《ちゆまほう》をかけてくれた。

そして最後には、自分を大切にしろと必ず説教してくるのだ。

蒼《あお》い閃光《せんこう》の仲間と別れるのは、身を引き裂《さ》かれる思いだ。


「……わかったにゃサジリ」

「お？」

「ボクは、サジリと結婚するにゃ」

「そうか。そうかあァ!!」

「……」

「そうだよ。それでいいんだよキルファ！」

サジリはキルファを欲《ほっ》していた。

その願いが遂《つい》に叶《かな》った瞬間であった。

「ぎゃははは！　ぎゃはははははっ!!」

耳障《みみざわ》りな高笑いが響《ひび》く。

けれども、不快に感じているのはキルファただ一人。

ヅダの里の者たちは、キルファとサジリが夫婦《ふうふ》になると知り、心底安堵《あんど》していた。

心残りはまだまだある。

『約束ですよ。俺を絶対に『光舞《ま》う泉』に連れて行ってくださいね』

シロウを、あの泉に連れて行きたかった。
絶望がキルファを襲う。
その最中――
「おいおいおい。こいつは驚《おどろ》いたぜェ。俺様からキルファを奪った只人族じゃねーか」
シロウがいた。
すぐそこに、シロウがいた。

――ボクを追いかけてきてくれたんだにゃ。
自分を心配するシロウの気持ちが、キルファには嬉《うれ》しかった。

――良かった。最後にシロウの顔を見ることができたにゃ。

「シロウ……ごめんにゃさい」

「……え？」

謝《あやま》ると、シロウはきょとんとした顔をした。

「ボク、シロウをお婿さんにできなくなっちゃった」

「いや、なにを言って――」

「シロウ、ボクね。サジリと結婚することにしたんだにゃ」

「――っ」

キルファはシロウを見つめた。

二度と逢《あ》えないシロウの顔を、一生忘れないために。

『ボクは最高にカッコイイ勇者と結ばれて、毎日同じベッドで寝《ね》て、幸せな夢を見るんだにゃ』

目を閉じ、あの日の夜を思い起こす。

オービルの宿で、シロウと同じベッドで眠りについた。

シロウの背中はぽかぽかと温かく、とても幸せで、幼き日に望んだ夢のようだった。

「ネスカたちに、ボクの代わりに伝えてほしーんだにゃ。もう戻れないって。あと……」

大丈夫。

きっと大丈夫。

「シロウとの約束、守れなくてごめんにゃさい」

――ボクはあの夜に、シロウの隣《となり》で一生分の夢を見たのだから。

第一七話　覚悟《かくご》と誓《ちか》いと

もうキルファさんに近づくなと、殺気立つ猫獣人たち。

これ以上はさすがに危険と感じたのだろう。

尚《なお》も食い下がろうとする俺の肩をバレリアさんが掴《つか》む。

「シロウ、ここは退くよ」

「でもキルファが――」

「いけないよ。長尻尾《ながしっぽ》どもにとっちゃあんたはもう敵なんだ」

「俺が……敵？」

「ああ、敵さ。それもちょいと力をこめるだけで殺せる只人族《ヒューム》のね。ウチらの恩人であるあんたを、長尻尾どもに殺させるかってんだ」

バレリアさんはそう言うと再び俺を担ぎ上げた。

「行くよ」

「待ってくだ――」

「黙《だま》ってな。舌噛むよ」

「っ……」

バレリアさんが駆《か》け出す。

俺は担がれたまま、キルファさんを見つめていた。

キルファさんも俺を見つめていた。

ヅダの里。ナハトの里。

そしてサジリ氏。

キルファさんの肩に手を回し、何事か囁《ささや》いている。

それでもキルファさんはまだ俺を見つめていた。

「キルファさん……」

サジリ氏の耳障りな高笑いが聞こえてくる。

瞬間、俺の中でなにかがブチ切れるのがわかった。

「……ってやんよ」

「シロウ?」

「……オオ。やってやんよ」

大切な仲間が――キルファさんが奪われた。

「やってやんよサジリ」

こんなに頭に来たのははじめてだ。

「俺は、お前とは違うやり方でヅダの里を救ってみせる」

これは俺の覚悟だ。

「誰も手を差し伸《の》べないのなら、俺がドゥラの森に住む獣人たちを救ってみせる。そして
――」

俺は小さくなっていくキルファさんを見つめ、誓いを立てる。

「絶対に、キルファを取り戻す」

9巻に続く

あとがき

『いつでも自宅に帰れる俺は、異世界で行商人をはじめました』８巻を読んでいただき、ありがとうございました。

著者の霜月緋色です。

いきなりですが言い訳させてください！

お気づきのように、今巻は前後編の前編になります。

当初の予定では、分厚いながらも一冊に収まる予定だったんですよ。

しかし書いているうちに、どんどんエピソードが膨らんでいき、『あれ？　これ一冊にまとめるの絶対に無理じゃね？』と気づきました。

物語を薄味にして無理やり一冊にまとめるよりは、しっかり書いた二冊の方が楽しんで貰えるはず。なにより書いている私がしっかり書きたい。

そんな想いから、急遽予定を変更し前後編の二冊構成となりました。

みなさんがこのあとがきを読んでいる頃には、９巻の原稿も完成している予定（たぶん。

きっと）ですので、あまり間を開けずに後編をお届けできるかと思います。

9巻まで少しだけ待って頂けると幸いです。


では恒例の謝辞を。

イラストレーターのいわさきたかし先生、今回も最高で素晴らしいイラストをありがとうございましたっ！

みんな可愛いよーーーーーーーっ!!


漫画家の明地雫先生、毎月一読者として連載を楽しみにしております。

病気がちな私が言うのもアレですが、健康第一で描いて頂ければと！

担当編集様、HJ文庫編集部と関係者の方々、急遽前後編となってしまい、すみませんでした。&ご対応ありがとうございます。

後編である9巻も引き続きよろしくお願いいたします。

支えてくれている大切な家族と友人たちとワンコたち、作家仲間のみんな。

感謝してます。ありがとう。


そして、ここまで読んでくださった皆さんへ。

私の作品で最長となる8巻に到達しました。

これも異世界行商人を読んでくださる皆さんのおかげです。

ありがとうございます。

おかげさまで小説もコミカライズ版も好調とのことですので、これからも続けていくことができそうです。


最後に、本の印税の一部を支援を必要としている方たちに使わせていただきます。

今巻も小児がんなど、医療的ケアが必要な子どもとその家族を支援する施設に使わせていただきます。

この『異世界行商人』を買ってくれたあなたも、子どもたちの支援者の一人ですよ。


では、9巻でお会いしましょう。

霜月緋色

Anytime I can!
いつでも自宅に帰れる俺は、異世界で行商人《ぎょうしょうにん》をはじめました
霜月緋色 著
Hiiro shimotsuki
ill. いわさきたかし
①～⑧巻 好評発売中!
⑨巻 2024年発売予定!

「小説家になろう」
四半期
第1位
異世界転生・転移
ファンタジー部門
（2019年8月19日時点）
いつでも自宅に帰れる俺は、異世界で行商人をはじめました
vol.1
明地雫
霜月緋色
コミック単行本
①～④巻 好評販売中!!
漫画：明地雫
原作：霜月緋色
キャラクター原案：いわさきたかし

小説第⑨巻は2024年3月発売！
週刊少年マガジン公式アプリ
「マガポケ」にて
好評連載中!!
作画：大前 貴史
原作：明鏡シスイ キャラクター原案：tef
コミックス
最新第⑨巻も
好評発売中！
第⑩巻は11月9日発売！

信じていた仲間達にダンジョン奥地で殺されかけたが
ギフト『無限ガチャ』で
レベル9999の仲間達を手に入れて
元パーティーメンバーと世界に復讐&
『ざまぁ!』します!
「小説家になろう」
四半期総合ランキング
第1位
(2020年7月9日時点)
①〜⑧巻
好評発売中!!
レベル9999で
圧倒的無双!!!!!
明鏡シスイ
イラスト/tef

HJ NOVELS
HJN47-08

いつでも自宅に帰れる俺は、異世界で行商人をはじめました 8

2023年10月19日　初版発行

著者――霜月緋色

発行者―松下大介
発行所―株式会社ホビージャパン
〒151-0053
東京都渋谷区代々木2-15-8
電話　03(5304)7604（編集）
03(5304)9112（営業）

印刷所――大日本印刷株式会社

装丁――ansyyqdesign／株式会社エストール

ISBN978-4-7986-3317-6　C0076

ファンレター、作品のご感想お待ちしております

〒151－0053　東京都渋谷区代々木2－15－8
(株)ホビージャパン HJノベルス編集部 気付
霜月緋色 先生／いわさきたかし 先生